내가 제일 잘나가는 재벌이다 20 (완결)

봉황송 현대판타지 장편소설

제1장. 산업 스파이 ………………… 7

제2장. 전쟁 ………………… 31

제3장. 한국인 ………………… 55

제4장. 변화의 바람 ………………… 89

제5장. 새로운 바람 ………………… 123

제6장. 시대의 주체 ………………… 159

제7장. 친일인명사전 ………………… 195

제8장. 친일파 발본색원 ………………… 221

제9장. 자신만의 길 ………………… 245

제10장. 줄기세포 화장품 ………………… 269

제11장. 화창한 날 ………………… 293

산업 스파이

가을이 지나가고 겨울이 왔다.
12월은 빠르게 흘러가, 이윽고 1963년이 찾아왔다.
차준후는 그간 미국에 머무르며 연구에만 매진하면서 혼자만의 시간을 보냈다.
망중한을 즐긴다고 할까.
머릿속의 미래 지식들을 정리하면서 앞으로의 앞날을 어떻게 그려 나갈지 고민하였다.
"음! 커피 맛이 좋네."
커피를 마시면서 창밖을 바라보는 차준후였다.
함박눈이 펑펑 내리고 있었다.
세상이 온통 하얗게 뒤덮이고 있는 가운데, 그의 책상 위에는 새해를 축하하는 각종 연하장과 초대장들이 잔뜩 쌓여 있었다.

이것도 비서실에서 거른 것들이었다.

백악관을 비롯한 미 정부 기관의 초대장을 시작으로 듀퐁사, 스탠드 오일 등 스카이 포레스트와 협력하고 있는 여러 기업에서도 신년 행사 초대장을 보내왔다.

"어디 한 곳을 방문하느니 모두 참석하지 말자."

차준후는 모든 초대를 거부한 채 연초를 조용하게 지내기로 결정했다.

너무 많은 곳에서 초대가 온 탓에 이 모든 초대를 받아들인다는 건 물리적으로 불가능했다.

어느 곳은 참석하고, 어느 곳은 참석하지 않는다?

어딘가는 서운할 수밖에 없는 상황이 나올 터였다.

그럴 바에는 차라리 어디에도 참석하지 않는 게 나았다.

"잘 흘러가고 있어."

특별한 문제가 없었다.

차준후는 딱히 정신을 써야 하는 사태가 없는 지금의 시간을 즐겼다.

"역사보다 일찍 카세트 플레이어와 네오디뮴 자석을 내놓았지만 딱히 큰 문제는 일어나지 않은 거 같네."

차준후는 혼자만의 시간을 보내면서도 미국을 비롯한 전 세계에서 어떤 반응을 보이는지 체크는 빠뜨리지 않앉다.

 혹시라도 자신이 벌인 일로 역사가 크게 뒤틀리진 않는지 확인할 필요성이 있었기 때문이다.

 그 스스로가 생각해도 네오디뮴 자석은 그 파급력이 엄청났다. 역사의 뒤틀림이 심하면 그것이 부메랑이 되어 차준후를 해칠 수도 있었다. 주의를 기울일 필요가 있었다.

 "변화가 어떻게 일어날지는 알 수 없어. 신중하게 행동할 필요가 있어."

 카세트 플레이어는 여전히 신드롬을 일으키고 있었고, 직접 발표한 네오디뮴 자석은 그야말로 엄청난 폭풍을 만들어 냈다.

 네오디뮴 자석이 최초로 들어간 전자 기기는 스카이 뮤직이었다. 희토류 자석이 들어간 스카이 뮤직은 그 크기가 더욱 작아졌다.

 통통하던 스카이 뮤직이 다이어트를 했다고 할까.

 한 손에 쏙 잡을 수 있을 정도로 얇아진 스카이 뮤직 뷰티는 인기가 더욱 높아졌다.

- 스카이 뮤직 뷰티는 정말 아름다워.
- 내 인생에서 빼놓을 수 없는 제품이야.
- 스카이 뮤직이 없는 세상은 이제 생각할 수가 없어.

- 왜 돈이 있어도 사지를 못하는 거니? 응? 내가 돈을 준비하고 있다고. 제발 팔아 줘.
 - 크윽! 더 이상 기다릴 수가 없어서 쏘니 제품인 워크우먼을 구매했다. 그런데 더 기다렸다가 스카이 뮤직을 사야 했다는 후회로 살아가고 있어.
 - 크크크! 기다렸다가 스카이 뮤직을 구매한 나 자신을 칭찬해 주고 싶다.

시장에 카세트 플레이어들이 마구 쏟아져 나왔다.
카세트 플레이어들 가운데 가장 브랜드 가치가 높은 것이 바로 스카이 뮤직이었다. 카세트 플레이어를 말하면 사람들은 곧바로 스카이 뮤직을 떠올리고는 했다.
스카이 뮤직이 고유 명사가 됐다. 워크우먼보다 훨씬 강렬한 이미지를 갖게 된 스카이 뮤직이었다.
미국 자동차들에도 스카이 뮤직의 특허를 이용한 카세트 플레이어들이 삽입됐다. 스카이 포레스트와 계약을 맺은 포드의 고급 차량에는 아예 스카이 뮤직이 들어가기도 했다.
"여성 고객들이 선호도가 높아진 덕분에 고급 차량의 판매량이 늘어났습니다. 그 이유는 바로 스카이 뮤직이 들어가는 미국의 고급 차량이란 점이 주효했습니다."
"후후후후! 발 빠르게 계약을 맺기 잘했어. 다른 업체들은 지금 배 아파서 죽으려고 하더라."

"스카이 포레스트에서 다른 업체들과 계약을 맺으면 어떻게 하지요?"

"당분간 그럴 걱정을 내려놓아도 돼. 스카이 뮤직 공급 여력이 부족해서 다른 자동차 업체들과 계약을 하지는 못할 거야."

"그러면 다행이고요."

포드 자동차에서는 늘어난 고급 자동차 판매량에 축배를 들었다.

그렇지만 그 축배의 시간은 길지 않았다.

"큰일입니다. 벤츠에서 스카이 포레스트와 카세트 플레이어 기술 협력을 맺었다고 합니다. 게다가 네오디뮴 자석에 대한 협약도 있었다는 풍문입니다."

"젠장! 그 녀석들이 결국 사고를 쳤구나."

벤츠는 스카이 포레스트와 협력을 하는 대가로 적잖은 출혈을 감수했다. 벤츠의 기술력은 세계 최고 수준이었고, 스카이 포레스트가 얻은 것들이 많았다.

벤츠처럼 차준후를 만나기 위해 찾아오는 사업가와 각종 기관의 높은 분들이 쉴 새 없이 스카이 포레스트의 문을 두드렸다.

"미국 경제가 예상보다 훨씬 활성화되고 있어."

"이 모든 게 스카이 포레스트 덕분이잖아."

"연구소들에서 내놓은 미국 경제 전망이 새롭게 수정됐잖아. 희토류 자석을 차준후가 발표하고 난 뒤에 말이야."

"크크크! 경제 연구소 연구원들이 차준후를 씹어 먹고 싶다고 하더라."

"그들도 차준후가 이처럼 파괴적인 발명을 할 줄은 몰랐던 거지."

네오디뮴 자석은 제4차 산업의 혁명에서도 주도적인 역할을 하는 물건이었는데, 그것이 1962년에 갑작스럽게 등장해 버렸다.

시대의 기술을 급속도로 진보시킬 수 있는 네오디뮴 자석이었다. 사람들이 스카이 포레스트와 차준후를 찾아오지 않으면 오히려 이상한 일인 거였다.

네오디뮴 자석을 어떻게든 활용할 수 있는 게 기업과 국가에 있어 매우 중요한 사안이 되어 버렸다. 활용할 수 없다면 네오디뮴 자석에 필적하는 새로운 강력한 자석을 만들어 내야만 했다.

* * *

SF 자석.

자석 업체를 인수한 스카이 포레스트의 계열사다.

네오디뮴 자석을 유일하게 생산하는 기업으로, 많은 신

규 직원들 채용에 나섰다. 혁신적인 희토류 자석을 구매하기 위한 기업들이 줄을 서고 있는 상황이었다.

기존 자석 공장의 직원들이 고용 승계가 되어 SF 자석에서 일하고 있었다.

"여기입니다, 엘튼 부장님. 그간 잘 지냈습니까?"

"오랜만입니다. 이제는 부장이 아니라 과장입니다."

SF 자석이 위치한 인근 공원에서 두 명의 서양인이 만나 인사를 주고받았다.

엘튼은 본래 부장이었지만 SF 자석에서는 직위가 과장으로 내려앉았다. 기업의 규모가 커지면서 직원들이 늘어났고, 그 과정에서 벌어진 자연스러운 조정이었다.

"어이쿠! 능력 있는 부장님을 과장으로 앉히다니, 스카이 포레스트가 너무했네요."

"불만이 있기는 한데, 그래도 월급은 올랐습니다."

엘튼이 툴툴거렸다.

"이건 스카이 포레스트에서 자석에 대해 잘 알고 있는 전문가를 너무 푸대접하는 겁니다."

"흠! 그렇기는 하지요."

대학교를 졸업하자마자 자석 업계에서 일해 온 엘튼이었다. 그렇기에 희토류 자석을 만드는 업무에서도 나름 중요한 업무를 맡고 있었다.

"이건 제가 오는 도중에서 사 온 도넛입니다. 아직 따

뜻하지요."

"이런 걸 가져오실 필요 없는데, 잘 먹겠습니다."

엘튼이 도넛 상자를 받았다.

슬쩍 열어 본 상자 안에는 먹음직스러운 도넛이 보였다. 그런데 도넛 밑에 비닐에 쌓인 두툼한 현금 다발이 깔려 있었다.

"저도 답례를 드려야겠군요. 피자 좋아하시죠?"

"없어서 못 먹지요."

"이 근처에 피자를 아주 잘 굽는 식당이 있습니다. 그 식당에서 사 온 피자입니다. 치즈가 쭉쭉 늘어나는 게 아주 일품이지요."

"그렇지 않아도 가서 먹어 보려고 했는데, 덕분에 소원을 풀어 보네요."

피자 박스를 건네받은 서양인이 웃었다.

박스를 열자마자 피자 냄새가 폴폴 풍겼다.

피자 밑에는 엘튼이 네오디뮴 자석의 특허 내용과 공장의 비밀스러운 정보가 담긴 서류가 숨겨져 있었다. 핵심 공정에 대한 내용은 아니지만, 그렇다고 해서 가벼운 정보는 절대 아니었다.

"만족스러울 겁니다."

"아주 좋네요. 다음에는 햄버거로 부탁드려도 될까요?"

"둘이 먹다가 한 명이 죽어도 모를 정도로 맛있는 햄버

거를 준비해 두죠."

"저도 다음에는 지금보다 2배 이상으로 맛있는 음식을 가지고 오지요."

"2배라고요?"

"지금 가지고 온 도넛은 양이 너무 적잖아요. 2배 정도는 되어야 배불리 먹을 수 있지 않을까요?"

"그럼요. 그 정도는 되어야 배가 부르지요. 다음 만남이 정말 기대되네요."

지금보다 현금을 2배 더 지급한다는 의미였다.

도넛 상자 안에 들어 있는 현금만 하더라도 굉장히 많은 액수였는데, 그 2배를 주겠다고 하니 엘튼의 입가에 절로 미소가 떠올랐다.

"더욱 맛있고 많은 음식을 받을 수도 있어요. 대신 저에게도 입에 쫙쫙 달라붙는 환상적인 음식을 제공해 줘야 하겠죠. 저 혼자 먹는 음식이 아니고, 가져다줘야 하는 사람들이 있어요."

"물론이죠. 신경 써서 가지고 올게요."

엘튼이 의욕적으로 대답했다.

사실 엘튼은 산업 스파이에게 돈을 받고 SF 자석의 비밀을 넘기고 있었다. 그걸 숨기기 위해 친한 사이로 위장을 하고 있었고, 음식을 주고받으면서 돈과 서류를 교환하였다.

그러나 그들은 철저하게 거래를 숨기고 있다고 생각했지만, 사실 이미 경찰들은 정황을 포착하고 그들을 주시하고 있었다.

오늘 두 사람이 만난다는 정보를 입수한 경찰들은 일찌감치 잠복하고 있었고, 두 사람이 도넛 박스와 피자 박스를 교환한 순간 튀어나와서 그들을 체포했다.

"미국 기업의 중요한 기술을 빼돌리려 한 혐의로 당신들을 체포합니다."

"이제부터 산업 스파이 혐의가 적용됩니다. 변호사를 선임할 권리가 있기는 한데 알아서 하세요. 변호사를 고용한다고 해도 미국의 국익에 엄청난 손해를 끼치려고 한 당신들을 박살 내 버릴 겁니다."

네오디뮴 자석을 보호하기 위해서 미국은 전담 부서를 구성하였다. 사법부와 상무부가 적극적으로 나섰고, 국방부까지 합류하였다.

미국 정부는 네오디뮴 자석을 전략 물자로 지정하지는 않았지만 적극적으로 보호하는 조치를 취했다. 소련을 비롯한 경쟁국들이 미국의 중요한 기술을 절취하려는 시도가 있었다.

"헉! 이게 무슨 짓이요? 아무런 죄 없는 사람을 이상한 놈들이 잡아가려고 한다! 도와주십시오!"

"산업 스파이라니? 말도 안 되는 소리. 당장 이 손 놓으라고!"

엘튼과 산업 스파이가 벗어나기 위해 발비둥 쳤다.

공원에 있던 사람들이 무슨 일이 벌어지는지 쳐다보고 있었다.

"이들은 산업 스파이들입니다. 공무집행 중이니 다가오지 마세요."

경찰들이 마구 반항하던 범죄자들의 손에 수갑을 채웠다.

"어이쿠! 피자 밑에 네오디뮴에 대한 서류가 있네요. 이야! 요즘은 서류를 피자 박스에 넣어서 배달하는 시대인가 봐요? 엘튼 과장님, 이거에 대해 할 말이 있나요?"

"……."

아무 말도 하지 못하는 엘튼이었다.

"도넛 상자에는 현금이 있군요. 이야! 요즘 도넛은 현금과 함께 먹는 건가 봐요. 아주 맛있어 보입니다. 우리 집 근처의 도넛 가게는 왜 현금을 안 넣어 주나 모르겠네요. 이런 현금은 대체 어느 도넛 가게에서 넣어 주나요?"

"……."

산업 스파이가 두 눈을 질끈 감았다.

앞날이 암담했다.

빼도 박도 못하는 현장에서의 체포였다.

현장에서 산업 스파이에게 기밀 자료를 건네다가 붙잡

힌 엘튼이었지만 어떻게든 이유를 쥐어짜서 변명을 했다.

"저 산업 스파이가 제게 네오디뮴에 대한 비밀을 알려 달라고 부탁했습니다. 전 그저 유혹에 넘어갔을 뿐이에요."

그게 죄였다. 스카이 포레스트를 희생시켜 개인의 부를 부풀리려는 부패한 짓이었다.

"나보다 유혹에 넘어간 네가 더 나쁜 놈이야. 네가 기밀을 넘겨주지 않는다고 했으면 이런 자리는 성사되지도 않았어."

"처음에 내가 기밀을 주지 않는다고 했잖아."

"언제 그랬냐? 돈이 부족하다고 한 건 기억난다."

"이야! 이제 거짓말을 하네."

엘튼과 산업 스파이가 책임을 전가하려고 서로를 헐뜯었다. 방금 전까지 콩 한 쪽도 나눠 먹을 것 같던 분위기는 씻은 듯이 사라졌다.

범죄자들의 우애란 애당초 존재하지 않았다. 잘나갈 때는 좋을지 몰라도 상황이 나빠지면 실체가 드러나게 된다.

"자! 여기에서 싸우지 말아요. 어차피 두 사람 모두 인생이 망한 거니까요. 두 사람이 있어야 할 곳은 차가운 감옥입니다. 산업 스파이 아저씨! 어디에서 의뢰받았어?"

"그게……."

"입을 다물고 싶으면 다물어 봐. 감옥에서 평생을 썩게 만들어 줄 테니까. 당신들 아주 큰일이 난 거라는 것만 알아 둬. 희토류 자석은 백악관도 신경을 쓰고 있는 아주 대단한 기술이라고."

경찰이 냉소했다.

"전 그냥 돈을 많이 준다고 해서 한 거라고요. 희토류 자석이 그런 기술인 줄은 몰랐어요."

"그런 이야기는 재판에 나가서 하시고. 내가 알고 싶은 건 의뢰를 한 곳이야. 의뢰인들도 잡혀 들어와야 죄를 나눠서 짊어지지 않겠어? 입 다물고 있다가 의뢰인들이 도망가면 당신들이 다 뒤집어쓰게 된다고."

"제게 의뢰를 한 사람은 일본인이었어요. 그 사람 위에 또 다른 배후가 있는지는 모르겠어요."

"걱정하지 마. 배후를 찾는 건 우리가 전문이니까. 싹 잡아들여서 대질할 수 있게 해 줄게."

경찰들은 이번 네오디뮴 자석 기술 탈취 시도에 어떤 내막이 숨겨져 있는지 밝혀낼 자신이 넘쳐 났다.

산업 기밀 정보 탈취로 매년 막대한 피해를 받고 있는 미국이었다. 미국의 기술력은 세계 최고였고, 경쟁국들은 산업 스파이들을 적극 이용하고 있었다. 세계 최고의 기술들은 산업 스파이들의 먹잇감으로 떠올랐다.

중요한 산업 기밀 하나의 가치는 천문학적으로 높았고, 한 건만 성사시켜도 삼대가 평생을 부유하게 살 수 있을 정도의 거금을 벌어들일 수 있었다.

탐욕에 눈이 먼 산업 스파이들 탓에 미국은 골머리를 앓고 있었다. 미국이 정책적으로 산업 기밀을 보호하려고 애를 쓰고 있지만 유출되는 내용이 점점 많아졌다.

 그에 미국은 산업 스파이를 잡아들이기 위한 전문 인력을 대폭 늘렸고, 자그마한 단서만으로도 잡아낼 능력을 갖출 수 있게 되었다.

* * *

「미 법무부는 미국에서 첨단 기술을 훔치려 한 혐의로 일본의 자동차 기업 임원을 기소했다고 밝혔습니다. 이 임원은 스카이 포레스트의 네오디뮴 자석 기밀을 탈취하려고 시도했는데…….」

 일본 굴지의 자동차 회사 직원이 네오디뮴 자석 기밀을 탈취하려고 한 혐의로 경찰에 붙잡혔다.
 미국 행정부는 이번 사태에 대해 일본에 강력하게 항의를 하였다. 일본 정부는 빠르게 유감을 표명하였으며, 개인의 일탈이라며 선을 그었다.

「산업 스파이에 대한 조사를 강화하겠다.」

미국 정부는 이번 사건을 계기로 일본 기업들을 더욱 면밀히게 주시할 것임을 선포했다.

지금이 어떤 시기인가.

일본 기업들이 미국으로 진출하면서 시장을 야금야금 잠식하고 있는 때였다. 일본 기업들의 성장은 미국 기업들의 피해로 이어졌다.

미국은 이번 기회에 자국 기업들의 앞을 막고 있는 일본 기업들에 대한 조사를 이어 나갔다.

미국과 일본의 사이가 당분간 악화될 조짐이 보였다.

왜 이전에는 미국이 자국에서 일본의 산업 스파이 활동에 적극적으로 대처하지 않았느냐는 의문이 들 수도 있다.

이전까진 산업 스파이 활동을 가장 적극적으로 해 왔던 나라가 다름 아닌 미국이었기 때문이다.

미국은 일본뿐만 아니라 전 세계에서 중요한 산업 기밀을 빼돌렸고, 심지어 산업 기밀을 알고 있는 핵심 인재들을 미국으로 모셔 오기도 했다.

미국 입장에서 모셔 오는 것이지, 당하는 입장에서는 빼앗기는 것이다. 일각에서는 미국을 두고 세계 일류 깡패 국가라고 하기도 했다.

결코 농담이 아니었다.

패권을 움켜잡고 있는 미국은 막강한 국력을 앞세워 세

계 흐름을 주도하고 있었다. 미국의 압도적인 국력 앞에서 크게 피해를 입는 국가들은 뭐라 하기 힘들었다.

* * *

1960년대 일본은 수출 증대와 함께 중화학 공업 육성을 주요 골자로 해서 일본 경제를 성장시켰다. 철강, 석유 화학, 기계, 조선 등의 전략 산업 분야에 대한 적극적인 지원책을 펼쳤다.

일본의 경제 발전에 있어 네오디뮴 자석은 아주 중요한 초석이 될 수 있는 중요 소재였다. 토요마타가 네오디뮴 자석 기밀 탈취에 나선 건 일본 행정부를 대신하여 나선 것일지도 몰랐다.

일본의 눈부신 경제 성장을 지켜보고 있는 미국은 전략적으로 일본과 협력을 꾀하는 한편, 목 밑에 칼을 놓아두고 싶어 했다.

그렇기에 전략 물자 취급을 받고 있는 네오디뮴 자석 기밀 유출에 민감하게 반응하였다.

이번 산업 스파이 사건은 어찌 보면 종종 있는 수많은 사건 중 하나에 불과했지만, 그 속내를 들여다보면 미국과 일본, 그리고 대한민국의 정세에 깊숙이 엮여 있는 사건이었다.

"토요마타 기업이 막 나가는군요."

토니 크로스가 미간을 찌푸렸다.

수많은 기업이 기업의 이윤을 위해 수단과 방법을 가리지 않았고, 그 과정에서 불법적인 일도 제법 횡행했다.

설령 발각되어 문제가 되고 비난을 받는다 할지라도, 그것이 더 큰 이익으로 이어진다면 서슴지 않았다.

그것이 각국에서 산업 스파이를 더욱 단속하며 발각되는 일이 많아졌음에도 그 수가 줄어들지 않고 오히려 계속 늘어나는 이유이기도 했다.

"새삼스럽게 놀랄 일도 아닙니다. 일본 기업들은 원래 이런 일을 줄곧 자행해 왔으니까요."

차준후가 토요마타를 깎아내렸다.

언론에는 아직 알려지지 않았지만, 산업 스파이를 이용하여 SF 자석에서 네오디뮴 자석 기밀을 탈취하려고 한 배후가 토요마타 기업의 미국 법인 임원임이 확인됐기 때문이다.

"어떻게 하실 겁니까?"

토니 크로스가 이번 산업 스파이와 관련된 대응을 차준후에게 물었다.

"당연히 대응을 해 줘야죠."

차준후는 일본이라면 신물이 났다.

왜 자꾸 일본 기업들과 안 좋게 엮이는 건지.

그렇지 않아도 일본을 싫어했는데 더욱 나쁘게만 인식됐다.

미국 정부가 일본 정부에 공식적으로 항의를 하긴 했지만, 그건 그거고 스카이 포레스트에서도 직접 대응을 할 필요가 있었다.

이런 일을 겪고도 그냥 넘어가면 좋은 기업이 아니라 물렁물렁한 호구 취급을 받을 것이었다.

"민사 소송도 따로 제기해야죠."

"민사 소송이요? 경찰 말을 들어 보니 기밀이 유출되기 전에 잡았다고 하던데요."

"이번이 처음이라는 보장이 없잖습니까. 이미 네오디뮴 자석에 대한 기밀이 유출되었을 가능성이 있습니다."

차준후이 입매를 비틀면서 이야기했다.

엘튼과 산업 스파이는 이번이 처음 공모한 일이라며 주장했지만, 범죄자와 말을 곧이곧대로 믿는 건 순수한 게 아니라 바보 같은 거였다.

"음! 그렇지만 엘튼 과장이 유출할 수 있는 정보 중에 가치가 높은 정보는 없잖습니까."

네오디뮴 자석의 생산 과정에서 정말 중요 기밀이라 할 수 있는 부분에는 매우 극소수의 사람만 참여하고 있었고, 그 사람들 가운데 엘튼은 포함되어 있지 않았다.

엘튼이 산업 스파이에게 건넬 수 있는 정보로는 결코

네오디뮴 자석을 생산할 수 없었다.

"그렇지 않습니다. 이번에 유출될 뻔했던 내용만 아니라도 제대로 된 연구 성과를 내기 위해서는 막대한 자금을 필요로 하는 내용이었습니다."

차준후가 뚝딱 네오디뮴 자석을 만들어 내서 그렇지, 사실 미래 지식이 없었더라면 얼마나 많은 돈을 쏟아부어서 연구해야 얻어 낼 수 있는 결과물일지 추정조차 불가능했다.

"유출되었다면 정말로 끔찍했겠네요."

"우선 배상금 1억 달러를 요구하고, 재판을 진행하면서 추이에 따라 금액을 높이든 낮추든 하면 될 거 같습니다."

차준후는 토요마타를 비롯한 일본 기업들에게 경고를 분명하게 날릴 작정이었다.

절대 물러서지 않을 분위기였다.

"그런 금액이 재판에서 인정을 받을 수 있나요?"

토니 크로스가 엄청난 금액에 놀랐다.

"네오디뮴 자석의 가치는 10억 달러 이상입니다. 앞으로 어디까지 성장할지 알 수가 없어요."

"그건 잘 알고 있지요. 제가 걱정하는 건 재판에서 인정을 받을 수 있는지에 대한 걱정입니다."

"제가 돈을 받으려고 소송을 하는 건 아닙니다. 경고를 분명하게 하기 위해서죠. 그리고 아예 승산이 없다고 생각하지는 않아요. 여기 미국은 스카이 포레스트의 구역이라고 봐도 무방하잖습니까."

평소에는 순하지만 적들의 무도한 짓에는 매우 거칠게 대응했다. 토요마타에게 크게 한 방을 날릴 수 있을 것 같았다.

많은 매출을 올리고 있는 스카이 포레스트는 미국에 막대한 이익을 벌어다 주고 있었다. 적극적인 현지화 전력 덕분에 반쯤은 미국 기업이라는 이미지를 가졌다.

수많은 미국인을 고용하고 있었고, 매출의 상당 부분을 다시 미국에 투자했다. 미국에서 얻은 이익을 다시 일본으로 가지고 가는 일본 기업들과는 달랐다.

뺏으려고 했으면 빼앗길 수도 있는 법!

미국의 법은 징벌적 배상이 있었고, 이번에 토요마타가 크게 낭패에 처할 수도 있었다.

"소송은 불가피한 선택이군요."

토니 크로스는 토요마타에서 전해져 온 제안을 차준후에게 꺼내지 못했다.

사실 토요마타에서 이번 사태에 유감을 표명하고, 사죄의 의미를 담아 배상하고 싶다는 의견을 전달해 왔다. 더이상 사태를 크게 벌리지 말고 봉합하자는 소리였다.

하지만 차준후가 저렇게 소송에 적극적인데, 이런 이야

기를 꺼내면 기름에 물 붓는 격에 불과했다.

'아무리 배상을 하셨냐고 하시만 그 금액이 1억 달러를 넘어가지는 않겠지.'

최소한 1억 달러를 배상해야지만 토요마타의 제안을 차준후에게 전달할 수 있을 것 같았다. 그러나 1억 달러를 배상했다가는 토요마타의 뿌리가 송두리째 뽑힐 수도 있어 보였다.

"소송을 당한 토요마타가 어떻게 나올지 기대되네요? 증거가 너무 명확해서 사실을 부인하기는 어려울 겁니다."

"그렇겠지요. 그러나 토요마타도 꼬리 자르기를 통해 책임을 축소할 게 분명합니다."

토요마타는 세계적인 대기업이다.

그쪽에도 유능한 변호사들과 어려움을 이겨 나갈 수 있는 머리 좋은 엘리트들이 존재한다. 재판에서 최대한 적게 배상할 수 있도록 조치할 게 분명했다.

"스카이 포레스트와 토요마타의 법정 대결은 세기의 재판이 될 겁니다. 언론에서 볼 때 아주 흥미로운 먹잇감이죠. 재판이 세간의 주목을 받을수록 토요마타를 곤란해할 겁니다."

"설마 이걸 노리신 겁니까?"

"노렸다기보다는 적들의 곤란한 모습을 보고 싶은 거지요."

차준후가 웃었다.

요즘 들어 언론 인터뷰를 뜸하게 했는데, 이번에는 적극적으로 나설 계획이었다. 인터뷰를 할 때마다 토요마타의 비열한 행보를 부각시킬 작정이었다.

얼마나 많은 언론 매체들이 그의 말을 실어 나를까.

원래 불구경과 싸움 구경이 가장 재미나다.

"이번 산업 스파이 일에 일본 정부도 관련이 있을까요?"

토니 크로스가 물었다.

지금까지 조사된 바에 따르면 아직 일본 정부과 연관되었다는 증거는 드러나지 않았다. 하지만 정황상 의심이 될 수밖에 없는 상황이었다.

제2장.

전쟁

전쟁

 일본 정부가 산업 스파이 활동의 배후라면 문제는 더욱 심각해지지만, 이 문제는 미국 사법부에서 밝혀내야 할 사안이었다.
 그리고 설령 진짜 일본 정부가 관여했다 할지라도 크게 바뀔 것도 없었다.
 "딱히 중요한 문제가 아니라고 봅니다. 어차피 일본과의 사이는 나쁘니까요. 일본 정부가 스파이 활동에 참여했다고 해도 나쁜 관계가 조금 더 험악해질 뿐입니다."
 "일본과 스카이 포레스트는 여러모로 사이가 좋지 않네요."
 토니 크로스는 이 정도로 사이가 나쁜지 미처 몰랐다.
 이 정도면 부모를 죽인 원수라고 봐도 무방하지 않을까.

그 정도로 험악한 관계였다.

일본은 1960년대로 접어들면서 고도 성장을 하고 있는 국가였다. 앞으로 더욱 국가의 역량이 성장할 것이 분명했다.

그런 일본이 스카이 포레스트를 좋지 않게 본다면 나쁜 상황이 닥칠 가능성이 높았다. 미국 법인을 책임지고 있는 경영자로서 대비해야만 했다.

"일본에서 먼저 싸우자고 달려든 겁니다. 화장품 원재료 수출 금지를 했을 때부터 전쟁을 선포한 거나 다름없어요. 수출 금지가 유명무실해져서 해제할 수 있는데도 불구하고 아직까지 유지하고 있지요."

차준후는 일본의 행태를 비웃었다.

만약 무방비 상태에서 수출 금지를 맞았다면 큰 손해를 봤을 수도 있었다. 수출 계약을 지키지 못해 바이어들로부터 클레임을 받고, 거액의 배상금을 지불했을지도 몰랐다.

이 당시의 스카이 포레스트는 기반이 탄탄하지 못했다. 일본이 만든 함정 탓에 스카이 포레스트의 밝은 미래가 암울하게 바뀌었을 가능성도 높았다.

일본의 비열한 짓을 차준후는 마음속에 담아 두고 있었다.

"아무짝에도 쓸모없는 수출 금지가 아직도 유지 중입

니까?"

토니 크로스가 놀랐다.

미국 쪽 업무에 집중하고 있었기 때문에 대한민국에 대한 일본의 수출 금지가 여전히 진행 중이라는 걸 미처 몰랐다.

"일개 기업에 무너질 수 없다는 일본의 자존심 때문이겠지요. 별거 아니라고 생각할 수도 있겠지만 일본은 대한민국에 대해 전쟁을 벌이는 것처럼 유독 심하게 구는 경향이 있습니다."

차준후가 자세한 내막을 알려 줬다.

이건 한국인들이 아니라면 체감할 수 없는 미묘한 부분이었다. 일본인들은 자국보다 뛰어난 인물이나 기업이 나타나면 억누르려고 다양한 수단을 동원한다.

이건 정말 비열하고 악독한 짓거리다.

일본은 일제강점기 시절 대한민국을 수탈했던 것처럼 지금도 비슷한 짓을 벌였다.

그러나 다른 대한민국의 기업들이라면 일본의 수출 금지에 전전긍긍했겠지만, 스카이 포레스트는 아니었다. 오히려 수출 금지를 빌미로 일본을 압박하고 있었다.

"대한민국을 대표하고 있는 스카이 포레스트를 건드린다는 건 전쟁이라는 표현이 옳겠네요."

토니 크로스가 고개를 끄덕였다.

그는 대한민국에서 스카이 포레스트가 차지하고 있는 위상을 잘 알고 있었다.

일본의 스카이 포레스트 압박은 한국인들에게 있어 단순한 일이 아니다.

스카이 포레스트가 쓰러지거나 일본의 수출 금지에 고개를 숙여 협상을 벌인다면?

한국인들의 마음에 얼마나 큰 상처가 생겼을지 모른다. 이제 스카이 포레스트는 한국인들의 국민 기업이고, 자존심이었다. 대한민국의 국운이나 마찬가지였다.

그리고 그렇기에 일본은 대한민국의 핵심으로 떠오르고 있는 스카이 포레스트에 흠집을 내려고 하는 것이기도 했다. 크게 성장하기 전에 뿌리를 뽑으려고 한 것이다.

"전쟁을 벌이려고 하는 상대와는 싸워야 하지요. 그리고 이런 전쟁이 저는 두렵지 않습니다. 오히려 유용하게 활용할 수 있어요."

차준후는 일본의 비열한 처사를 적극적으로 이용하고 있었다. 눈앞의 전쟁뿐만 아니라 먼 미래까지 내다보는 중이었다.

"대표님과 스카이 포레스트에 승리할 수 있다고 나섰다가 일본이 크게 패배하겠네요."

토니 크로스는 걱정되는 부분이 있기는 했지만 일본이라는 국가와 전쟁하는 차준후가 도무지 질 것 같지 않았다.

오히려 차준후의 모습이 더욱 거대하게 보였다.

국가보다 개인이 더 위대해 보인다니, 다소 어처구니없는 표현이기는 했지만 차준후에게는 어울렸다.

일본에 큰일이 날 것만 같았다.

"전쟁에서 승리해야지요."

차준후는 일본이 하나도 두렵지 않았다.

고도 성장을 하고 있는 일본이지만 파고들 빈틈이 보였다. 빈틈을 공략하면 충분히 일본을 아프게 만드는 게 가능했다.

두려워해야 하는 쪽은 오히려 일본이었다.

왜?

일본이 가져야만 할 미래 지식을 차준후가 야금야금 가져오고 있었으니까.

그동안 차준후의 행보를 보면 나름 원주인의 저작권과 특허 등을 인정하였다. 그렇기에 스카이 포레스트가 독점하지 않고 원주인과 협력하여 함께 개발하거나 합작사를 차리고는 했다.

그러나 카세트 플레이어와 희토류 자석의 경우에는 달랐다. 일본 회사들이 발명품을 홀라당 가져와 버렸다. 일본의 미래 산업에 엄청난 영향을 끼치는 중요한 걸 선점하고 있었다.

전쟁의 승리를 위해서는 적의 약점을 찔러야 하는 법이

다. 야만적이고 무도하다고 해도 승리가 먼저였다.

지금도 계속해서 다른 미래 지식들이 차준후의 머릿속에 떠올랐다.

지속적으로 압박하면 일본이 앞으로 얼마나 버틸 수 있을까?

일본 미래 산업의 핵심을 스카이 포레스트가 차지하였다. 스카이 포레스트가 일본의 근본을 흔들어서 고사시켜 가고 있었다.

미래 산업의 핵심인 네오디뮴 자석을 확보하지 못한다면 일본은 전전긍긍할 수밖에 없었다. 이제 일본은 스카이 포레스트의 눈치를 살펴야만 했다.

"공군 재료 연구소와 공동 연구 협상을 해 주세요. 희토류 자석 개발에 대한 공동 연구를 진행해야겠어요."

차준후는 공군 재료 연구소와 손을 잡을 작정이었다.

미국 공군 재료 연구소와 함께 연합 전선까지 형성해서 일본을 압박하려는 것이었다.

일본 입장에서는 미치고 팔짝 뛸 상황이 곧 덮치려고 했다.

일본 쪽에서 산업 스파이를 보내지 않았으면 이렇게까지 강하게 압박할 생각은 없었다. 네오디뮴 자석에 비해 성능이 떨어지는 사마륨 코발트 자석에 대한 부분을 넘겨줄 작정이었다.

그렇지만 이제는 사마륨 코발트 자석도 넘겨주고 싶지 않았나.

 밉보였기 때문에 소위 국물도 없는 것이다.

 "공군 재료 연구소 사람들이 무척이나 좋아하겠네요."

 공군 재료 연구소에서는 스카이 포레스트와 공동 연구 제안을 해 왔다. 사마륨 코발트 자석과 네오디뮴 자석 연구를 함께하자는 제안이었다.

 원 역사에서 사마륨 코발트 자석과 네오디뮴 자석 분야에서 일본은 상당한 지분을 차지한다. 그렇지만 이제는 그런 역할과 지분이 차준후에 의해서 사라지게 됐다.

 궁지에 몰린 일본은 과연 어떤 선택을 할 것인가?

 그것이 궁금한 차준후였다.

* * *

「수출 금지 해제.」
「우로키나아제 치료제 10만 명분 수입.」

 일본의 대한민국에 대한 화장품 원재료 수출 금지가 공식적으로 해제됐다. 스카이 포레스트와 화해하려는 모습을 보였다.

 이런 사실이 여러 곳을 거쳐서 차준후에게까지 전달됐다.

궁지에 몰리고 나서야 뒤늦게 내민 화해의 손길은 구차할 뿐이었다.

 이미 스카이 포레스트에서는 화장품 원재료를 다른 곳에서 수입하고 있었기에 일본이 수출 금지를 해제하든 말든 상관없었다.

 우로키나아제 치료제도 마찬가지였다.

 일본은 대한민국이 아니면 수입이 불가능했고, 우로키나아제 치료제의 일본 사용량이 상당했다. 많은 환자들이 발생하고 있어서 효과 좋은 우로키나아제 치료제를 구매해야만 하는 처지다.

 그런 걸 생색내듯 수입한다고 이야기하니 차준후의 마음에 들 리가 없었다.

 눈앞의 이익 때문에 타협하면 결국 일본의 의도대로 흘러갈 뿐이다. 당연히 스카이 포레스트에서는 일본이 내민 화해의 손길에 어떠한 반응도 보이지 않았다.

 그냥 무시해 버렸다.

* * *

 토요마타 미국 법인 임원 회의실.

 회의실에는 미국 법인의 대표를 비롯하여 미국 법인의 임원들과 일본 본사에서 급파된 임원들까지 한자리에 모여 이번 산업 스파이 사건에 대해 회의를 가지고 있었다.

"하아!"

미국 법인 대표인 알바 테리스가 깊은 한숨을 내쉬며 불만을 토로했다.

"이번 산업 스파이 건에 대해 전 아무것도 듣지 못했습니다. 미국 법인의 대표인 저도 알지 못한 산업 스파이 활동이라니, 이건 있을 수가 없는 일입니다."

"개인의 일탈 행위이니 모르실 수밖에요."

일본 본사에서 날아와 비상대책회의를 주도하고 있는 모리야마 전무가 태연하게 대답했다.

이번 산업 스파이 사건은 토요마타가 벌인 일이 아닌, 체포된 임원의 단독 범행으로 축소하려는 발언이었다.

그 대답에 알바 테리스가 어이없다는 반응을 보였다.

"개인이 기술을 빼돌리려고 수십만 달러를 쓴다고요? 그게 말이 되는 이야기입니까?"

제아무리 대기업의 임원이라 할지라도 수십만 달러면 전 재산에 달하는 액수였다. 그 정도 되는 돈을 갑자기 어디서 난다는 말인가?

그리고 또 기술을 탈취한다고 한들, 그걸 어딘가에 써먹을 수 없다면 아무런 의미도 없는 일이었다.

개인의 일탈 행위라는 건 정말 말도 안 되는 이야기였다.

"흠! 저도 그게 궁금하긴 합니다만, 어딘가에서 빌렸거나 한 거겠죠. 토요마타는 어디까지나 미국의 법을 준수하면서 활동하고 있습니다. 이번 산업 스파이 사건에 토요마타가 연루되었다는 건 결코 인정할 수 없어요."

토요마타는 회사 차원에서 발뺌을 하기로 이미 결정을 해 둔 상태였다. 눈 가리고 아웅 하는 식이지만 본사에서 시켰다는 증거가 없다면 버틸 수 있었다.

토요마타가 산업 스파이를 동원했다가 걸린 건 이번이 처음이 아니었다. 전에도 미국 사법부와 행정부의 처벌을 현명하게 피해 냈다.

그리고 이번에도 그렇게 될 거라고 토요마타는 판단하였다.

"지금 여론이 매우 좋지 않아요. 그리고 그걸 떠나서 이런 산업 스파이 활동을 우리 임원이 했다는 게 부끄럽기 그지없습니다. 차라리 정식으로 스카이 포레스트에 협력을 요청했어야 하는 것 아닙니까?"

알바 테리스가 목소리를 높였다. 그는 매우 분노한 상태였다.

회의실에는 여러 사람이 자리하고 있었지만 회의는 알바 테리스와 모리야마에 의해 진행됐다.

"대표님도 아시다시피 이미 스카이 포레스트에 요청을 한 상태입니다. 그런데 다른 기업들과는 협의가 진행되고 있는데, 우리 토요마타의 연락에만 회신이 없었습니다."

"회신이 올 때까지 기다려야지요. 그리고 재차 요청을 해서 네오디뮴 자석을 구입해야 하는 거 아닙니까?"

"지금 스카이 포레스트에서는 토요마타에만 판매를 금지하고 있는 게 아닙니다. 일본의 기업들 모두에게 네오디뮴 자석 판매를 금지하고 있어요."

"네? 왜 그러는 겁니까?"

"저도 스카이 포레스트의 대표인 차준후가 왜 이러는지 알고 싶네요."

모리야마는 그 이유를 짐작했지만 짐짓 모른 척 말했다.

네오디뮴 자석 판매 금지에 대한 부분을 들여다보면 일본의 헛짓거리에 대해 밝혀야만 하는데, 일본인으로서 부끄러운 일이었다.

알바 테리스는 토요마타 미국 법인의 대표인데도 불구하고 이번 산업 스파이 사건에 대처를 하는 데에 큰 어려움을 겪었다.

이번 사태 해결의 주도권을 가지고 있는 사람은 본사에서 날아온 모리야마였다.

"하이! 아무튼 그런 변명이 미국 정부에 통하겠습니까?"

알바 테리스가 다시 한숨을 내쉬며 말했다.

지금 그의 속은 썩어 문드러질 지경이었다.

코가 땅에 닿을 정도로 허리를 숙여도 모자랄 판이다.

그런데 모리야마의 변명은 뻔뻔한 걸 넘어서 무례했다.

"직원을 관리 감독하지 못했다는 점에서 도의적으로는 책임을 통감하지만, 법적으로는 어떠한 책임도 질 수 없습니다."

"그런 변명이 먹힌다면 상관없겠지만, 그렇지 못할 경우를 대비하자는 겁니다."

알바 테리스는 답답했다.

그도 토요마타 미국 법인 대표에 오르기까지 깨끗하게만 살아오지 않았다. 법을 어기는 일도 적잖이 벌였고, 산업 스파이를 직접 고용해 본 적도 있었다.

그러나 이번은 경우가 달랐다.

미 정부는 이번 사건을 매우 중대하게 바라보고 있었고, 어떻게든 배후를 색출해 뿌리를 뽑고자 적극적으로 나섰다.

또한 의회에서도 산업 스파이를 더욱 강력하게 처벌해야 한다며 목소리를 높였다.

이전까지라면 당장 명확한 게 없으니 흐지부지 넘어갈 수도 있겠지만, 지금의 분위기라면 어설픈 변명만 늘어놓는다면 끝까지 파고들어 추궁할 것이 분명했다.

제대로 된 대책을 강구해야 할 필요가 있었다.

"미국 행정부와 의회를 대상으로 로비를 하고 있습니다. 이번 사태를 심각하게 보고 있기에 평소보다 로비 금액을 10배로 늘린 상태입니다."

미국에서 로비는 합법이었고, 토요미디는 이번 산업 스파이 적발에서 자사의 부당함을 적극적으로 호소하고 나섰다.

"로비 활동을 해서 여러 곳에 기름칠을 하는 건 좋습니다. 그러나 지금 우리는 스카이 포레스트 달래기에 더욱 심혈을 기울여야 합니다. 이 일에 최대한 집중해야 한다고 생각합니다."

알바 테리스는 이번 사태 해결의 핵심이 로비 활동이 아니라 스카이 포레스트와의 거래에 있다고 봤다.

"달래기는 이미 진행 중입니다. 스카이 포레스트에 본사 차원의 제안을 했습니다. 이번 사태는 잘 해결될 테니, 대표님은 너무 걱정하실 필요가 없습니다."

산업 스파이가 적발되자마자 일찌감치 토요마타 본사에서 통 큰 제안을 보냈다. 밝힐 수는 없지만 스카이 포레스트가 절대 섭섭하지 않을 수준의 제안이었다.

어떤 제안을 했는지 아는 사람은 토요마타 본사에서도 극소수였다. 그런 극소수들 가운데 한 명이 바로 모리야 마였다.

도의적인 책임에 따른 위로금과 함께 향후 토요마타에서 생산하는 모든 차량에 네오디뮴 자석을 사용하겠다는 제안을 하였다.

토요마타의 생산 차량은 계속해서 늘어나고 있었다. 세계적인 자동차 회사로 부상하고 있는 토요마타에 네오디뮴 자석을 넣는다는 건 스카이 포레스트에 대단히 명예로우면서 이득이 되는 사업이었다.

사태를 원만히 해결하고, 일을 크게 만들지 않으려는 토요마타의 의지 표현이었다.

최빈국인 대한민국에서 영업하는 기업의 부품이 토요마타에 들어가다니…….

이 얼마나 엄청난 일인가.

토요마타는 스카이 포레스트의 위상을 충분히 챙겨 주었다고 생각했다. 이 정도면 스카이 포레스트가 받아들이리라 확신했다.

"상황을 너무 낙관적으로만 보는 게 아닙니까?"

알바 테리스는 차라리 지금이라도 잘못을 인정하는 편이 조금이라도 감형을 받을 수 있는 길이 아닐까 생각했다.

설령 변명이 먹혀서 넘어간다 할지라도 의혹이 남는다면 스카이 포레스트와의 관계 개선은 어려울 수도 있었다. 가능하면 깔끔하게 문제를 해결하고 새롭게 관계를 설정하고 싶었다.

무엇보다 이미 차준후에게 여러 차례 좋은 조건으로 협업을 제시했으나 거절을 당한 일본 기업은 한둘이 아니었다. 이제 와서 토요마타의 제안을 받아들이리라는 자신감이 어디서 나오는 것인지 이해가 가지 않았다.

"시간이 흐르면 제 말이 옳다는 걸 알 수 있을 겁니다."

알바 테리스의 우려를 알면서도 고집스럽게 주장하는 모리야마였다. 그는 상황의 급변하고 있는데도 불구하고 충분히 통한다는 아집을 버리지 못했다.

"정말 그렇게 됐으면 좋겠군요."

"지켜보세요."

모리야마는 자신이 넘쳤다.

그때였다.

탕탕탕! 탕탕탕탕!

문밖에서 노크 소리가 요란하게 울렸다.

얼마나 급박한지 노크 소리가 주먹으로 치는 것처럼 요란했다. 임원 회의에 이런 노크가 들려온다는 건 심상치 않은 일이 터졌다는 것이었다.

"대표님, 법무팀장 티모어입니다. 급하게 보고드릴 사안이 발생했습니다."

"들어오세요."

문을 열고 티모어가 급하게 들어섰다.

얼마나 다급하게 왔는지 그의 이마에는 땀이 송골송골 맺혀 있었다.

평소 느긋하게 움직이는 티모어였다. 배가 볼록 튀어나

온 티모어가 땀을 흘리는 걸 알바 테리스는 그동안 한 번도 본 적이 없었다.

"무슨 일입니까?"

"스카이 포레스트에서 이번 산업 스파이 사태에 대한 민사 소송을 법원에 제출하였습니다."

"민사 소송이요?"

"피해 청구 금액이 무려 1억 달러에 이릅니다."

"커헉! 1억 달러요?"

"말도 안 돼! 스카이 포레스트가 미쳤구나."

말도 안 되는 금액에 알바 테리스와 모리야마를 비롯한 회의실에 자리한 모든 이들이 깜짝 놀랐다.

1억 달러는 토요마타 미국 법인이 감당할 수 없는 배상금이었다. 토요마타 본사까지 나선다 할지라도 당장 그만한 현금을 배상한다는 건 불가능했다.

"아니, 그런 말도 안 되는 배상금을 법원에서 인정하기는 하는 겁니까?"

"당연히 일반적으로 인정되지 않습니다. 다만 현재 네오디뮴 자석을 전 세계의 수많은 기업이 원하고 있는 상황인 탓에 미래 가치를 높게 인정받을 수 있고, 또한 이번 사건을 미 정부에서 매우 중대하게 여기고 있어서 징벌적 배상액을 부과할 수도 있는 탓에 가능성을 배제할 수는 없다고 사료됩니다."

티모어가 사견을 밝혔다.

개인의 사건일 뿐이지만, 티모이는 오랜 세월 법원에서 판사로 지냈던 인물이기에 단순한 사건이라며 치부하고 흘려넘길 순 없었다.

그리고 실제로 재판부에서도 정황이 너무나도 명명백백한 상황에서 혐의를 부인하는 토요마타를 더욱 엄격히 처벌해야 한다는 쪽으로 의견이 모이고 있었다.

"잘된다면서요?"

알바 테리스가 모리야마를 원망 어린 눈길로 바라보았다.

확신을 가지고 장담하던 모리야마의 얼굴빛이 흑색으로 변해 있었다.

"이럴 리가 없는데……. 제안을 받아들이면 스카이 포레스트는 확실한 이득을 얻을 수 있었어. 민사 소송이라는 불확실한 법정 다툼을 할 필요가 없었다고."

망연자실한 모리야마였다.

한 방 크게 맞았다. 눈앞이 깜깜해지고, 기절이라도 하고 싶었다.

상식적으로 이런 행동을 취하는 건 회사 대표로서 실격이었다. 회사의 이윤을 추구해야 하는 경영인이라면 당연히 토요마타가 내민 화해의 손길을 붙잡아야 마땅했다.

이러한 평범하지 않은 차준후의 행동을 예측을 한다는

건 불가능했고, 차준후를 평범하게 재단한 토요마타는 큰 실수를 저지르고 말았다.

사태는 걷잡을 수 없이 커져 버렸다.

다시 되돌릴 수는 없을까?

알바 테리스의 조언을 받아들여 일찌감치 적극적으로 스카이 포레스트와 화해를 했어야 한다는 후회가 밀려왔다.

그러나 후회는 아무리 빨라도 늦는 법이다.

스카이 포레스트는 토요마타와 평화롭게 일을 해결한 생각이 전혀 없었다.

토요마타에 엄청난 민사 소송이 폭탄처럼 떨어졌다. 이 폭탄이 제대로 터지면 토요마타를 뿌리째 쓸어 버릴지도 몰랐다.

"스카이 포레스트의 소송이 알려지면 모든 언론이 토요마타를 물어뜯으려고 혈안이 되어 달려들 겁니다. 재판의 판결 여부와 상관없이 토요마타가 다른 기업의 기술을 불법적으로 탈취하려 했다는 의혹이 남는다면 기업 이미지에 큰 타격을 입을 겁니다."

방금 전까지 자신이 넘쳤던 모리야마의 모습은 씻은 듯이 사라졌다. 어찌할지 몰라서 허둥대는 모습이었다.

"그런데 심지어 만약 재판에서 패소까지 해서 1억 달러를 배상하게 된다면 정말 큰일 납니다. 어떻게든 해결책을 마련해야 합니다. 해결책이 있을까요?"

"하아! 제가 무슨 해결책을 가지고 있겠습니까? 본사에 연락해서 물어보세요. 지금껏 그래 왔던 것처럼 하시면 됩니다."

알바 테리스는 이번 사태에서 한발 물러서기로 했다.

그러고 보니 천만다행이었다.

본사에서 주도적으로 나섰기에 그의 책임이 줄어들어 버렸다. 이제부터 생기는 문제는 미국 법인의 책임이 아니라 본사로 떠넘겨 버릴 작정이었다.

오랜 시간 엄청난 홍보비를 지출하며 힘겹게 쌓아 올린 토요마타의 명성이 단숨에 무너질 위기에 놓였다.

그렇지 않아도 일본의 경제 대공습에 불편한 심기를 드러내고 있던 미국 언론이 토요마타를 물어뜯을 명분을 주고 말았다.

* * *

「1억 달러 민사 소송의 시대가 열렸다.」

「스카이 포레스트! 산업 기말 탈취에 대한 칼을 빼 들다.」

「차준후 대표의 결단! 1억 달러의 민사 소송! 그 의미를 파헤치다.」

「1억 달러의 배상금을 받는다는 건 현실적으로 무리한

일이다.」

「무리한 스카이 포레스트의 민사 소송! 역풍이 불어닥칠 수도 있다.」

1억 달러 민사 소송이 알려지면서 미국과 일본이 발칵 뒤집혔다. 미국 내부에서는 스카이 포레스트에 대해 우호적인 시각이 많았지만 너무하다는 의견도 만만치 않게 튀어나왔다.

스카이 포레스트의 민사 소송이 그대로 법원에서 받아들여진다면 산업 스파이 활동을 하다가 걸린 기업은 그야말로 망하는 것밖에 길이 없었다.

솔직히 산업 스파이를 가장 많이 이용하는 국가가 미국이었고, 또 이런 수혜를 보는 곳이 바로 미국 기업들이었다.

이번 전례를 통해 앞으로 더욱 많은 기업들이 소송에 열을 올리게 될 것이 분명했고, 이는 미국 입장에선 무조건 환영할 수만은 없는 상황이었다.

남의 집에 불을 질렀는데, 바람을 타고 날아온 불씨 때문에 내 집까지 타 버리면 누가 좋아하겠는가.

이번 전례를 통해 앞으로 더욱 많은 기업들이 소송에 열을 올리게 될 것이 분명했고, 이는 미국 입장에선 무조건 환영할 수만은 없는 상황이었다.

이를 악용한 행위를 벌이는 이들까지 나올 수도 있었으니 간단하게 볼 문제가 아니었다.

차준후가 던진 민사 소송으로 미국이 크게 들썩였다.

이에 스카이 포레스트에 역풍이 불어닥칠 수도 있었으나, 차준후는 크게 개의치 않았다.

"미 정부도 결국 나설 수밖에 없을 거야. 이번처럼 좋은 기회는 없을 테니까."

명분이 없어서 지켜만 보고 있던 일본 기업들의 발목에 족쇄를 채울 기회를 차준후가 준 것이다.

작금의 상황이 다소 불편하더라도 이런 기회가 언제 또 올지 모르는 일이니 미국 정부는 반드시 스카이 포레스트의 편에서 움직일 터였다.

이보다는 이번 소송이 화제가 되며 이전보다 더 많은 이들이 자신을 쫓아다니게 된 것이 차준후로서는 더 불편한 일이었다.

스카이 포레스트 미국 법인 건물 밖에는 수많은 언론관계자와 파파라치들이 대기하고 있었다.

파파라치가 찍은 차준후의 사진 한 장이 엄청난 가격에 거래되기도 했다.

제3장.

한국인

한국인

일이 많아졌다.

산업 스파이 사건을 조용히 해결하기보다는 일이 커진 탓에 직접 처리해야 할 일과 만나야 할 사람들이 늘어났다.

"귀찮고 번거롭네."

차준후는 그냥 평범하게 사업하고, 원하는 연구를 하고 싶을 뿐이었다. 한 명의 연구원으로 살아가면 만족이었다.

그런데 자꾸 가만히 있는 자신을 툭툭 건드려 왔다. 먼저 시비를 걸어온다면 당하고만 있을 생각은 없었다.

"손해를 보면서도 왜 자꾸 건드리는지 모르겠네."

지금껏 스카이 포레스트를 건드렸다가 일본이 좋은 꼴을 본 적은 단 한 번도 없었다. 오히려 더욱 큰 피해를 입고 물러나야만 했다.

"이득을 볼 거라고 생각하고 있는 모양인데, 그건 엄청난 착각이지."

일본은 엄청난 실수를 저지르고 있었다. 스카이 포레스트를 자기들 입맛대로 움직이면서 이득을 볼 수 있다고 여기고 있는 게 분명했다.

어이가 없는 일이었다.

"일본과 경쟁하고 있는 기업들과 희토류 자석에 대한 협력을 강화해야겠다."

차준후는 일본에게 건드린 대가를 톡톡히 보여 줄 작정이었다.

차준후가 그렇게 대표실 의자에 앉아 어떻게 또 일본을 괴롭혀 줄까 생각에 잠겨 있던 그때였다.

- 대표님, 점심 식사 시간입니다.

문 너머에서 노크 소리가 들린 뒤에 실비아 디온의 목소리가 들려왔다.

"네, 나갑니다."

차준후가 옷걸이에 걸어 뒀던 양복 상의를 걸치고 밖으로 나갔다.

식사 시간을 철저하게 지켰다.

일할 땐 일하고, 쉴 땐 확실히 쉬자!

업무보다 먹고 쉬는 부분에 있어 더욱 신경을 쓰고 있는 차준후였다. 그는 다른 사업가들처럼 중요한 업무가 있다고 식사 시간도 팽개치고 일에만 열중하지 않았다.

대통령이 만나러 온다고 해도 식사가 먼저였다.

"오늘 식사는요?"

차준후는 매일 어떤 식사로 점심을 해결할지 전적으로 실비아 디온에게 맡겼다. 직장인에게 있어 가장 중요한 일 가운데 하나를 일임한 것이다.

"프랑스 가정식 식사를 할 수 있는 르 가든 블루 식당을 예약했어요. 집밥을 먹는 느낌을 주는 식당이에요."

"집밥이라? 좋네요."

삼시 세끼 모두 외식으로 해결하고 있는 차준후였다.

일류 요리사들이 해 주는 맛있고 고급스러운 요리이지만 조금 입에 물린 느낌도 있었다. 그렇기에 저번 식사 때 그런 이야기를 하였다.

사소한 이야기를 놓치지 않고 곧바로 이번 식사를 집밥 느낌으로 하다니, 역시 아주 훌륭한 비서실장이었다.

"메뉴는 뭔가요?"

"트러플 크림 뇨끼를 곁들인 부채살 스테이크와 크림 리조또예요."

쌀이 들어간 리조또와 스테이크!

차준후의 취향에 딱 맞는 주문을 해 놓은 그녀였다.

차량을 타고 나온 차준후와 실비아 디온이 경호원들과 함께 식당으로 이동했다.

검은 차량들이 줄지어서 건물 지하주차장에서 나오자, 대기하고 있던 차량들이 따라붙었다. 파파라치들의 차량이었다. 요즘 어디를 이동할 때마다 많은 파파라치들이 함께하고 있었다.

"파파라치들이 극성이네요."

"점점 늘어나고 있네요."

"조치할까요?"

실비아 디온의 눈빛이 매서워졌다.

신문사와 방송국의 언론 관계자들은 그나마 봐줄 만했지만, 파파라치들이 어떻게든 차준후의 사진을 찍으려고 난리였다. 차준후가 거주하는 호텔까지 잠입하여 몰래 사진을 찍으려다 적발된 경우도 있었다.

"선을 넘은 파파리치들은 경찰에 신고하고, 선을 넘지 않으면 그냥 두세요."

차준후는 대중에 널리 알려진 유명인들의 고충을 이해하고 있었다.

파리처럼 웽웽거리며 달려드는 파파라치는 피하기가 무척 어려웠다. 영국의 왕세자비는 파파라치의 추적을 따돌리려다가 교통사고를 일으키지 않았던가.

차량이 식당 주차장에 도착했다.

경호원들의 보호를 받은 차준후가 차량에서 내려 식당으로 이동하였다.

"차준후 대표님! 여기를 봐 주세요."
"사진을 찍겠습니다."
"대표님, 토요마타에 1억 달러의 민사 소송을 제기한 이유가 무엇입니까?"
"토요마타에서 이번 산업 스파이 사태에 관련이 없다는 기자회견을 열었습니다. 한 말씀 부탁드립니다."

주차장까지 따라온 파파라치들이 차준후를 찍기 위해 사진기를 들이밀었다. 화제를 불러일으키는 인터뷰를 할 수 있다면 거액을 받고 언론사에 팔아넘길 수도 있었다.

'파리처럼 웽웽거리기는 하네.'

차준후는 파파라치들에게 어떤 답변도 하지 않았.

여기에서 한 마디라도 했다가는 파파라치들이 더욱 극성스럽게 변한다는 걸 알았다. 정식 기자회견도 아니고 무례하게 접근하는 파파라치들과 인터뷰를 하고 싶지도 않았다.

"비켜 주십시오."
"대표님이 지나가십니다. 식사 시간에 늦지 않게 배려해 주십시오."

경호원들이 길을 열었다. 파파라치들이 어쩔 수 없이 물러나야만 했다.

건장한 체격의 경호원의 보호를 받으면서 차준후가 식당으로 들어섰다.

"한마디만 해 주시지."

"쳇! 비싼 척하기는."

"비싼 사람이기는 하잖아. 그러니까 우리가 따라다니는 거고. 저 정도면 그래도 좋은 성격이야. 짜증을 내거나 욕설을 하진 않잖아."

"차라리 그랬으면 좋겠다. 그러면 거액을 받고 팔아넘길 수 있으니까."

파파라치들이 아쉬워하면서 다시금 식당 앞에서 진을 쳤다.

일부 파파라치들은 차준후가 들어간 식당 간판을 사진기로 찍으면서 기사를 작성하기도 했다.

식당의 별실로 차준후와 실비아 디온이 들어서자, 식당의 종업원이 주문한 요리들을 트레이에 끌고서 나타났다.

"트러플 크림 부채살 스테이크와 크림 리조또입니다."

"고마워요."

"잘 먹겠습니다."

접시 위에 차려진 음식들은 겉모양부터 훌륭했다. 그리고 뜨거운 김과 함께 맛있는 냄새가 코를 자극했다.

차준후는 부채살 스테이크부터 썰어서 입으로 가져갔다.

"좋네요. 오늘도 실비아 비서실장 덕분에 입이 호강하네요."

"저도 대표님 덕분에 즐거워요."

실비아가 매일 출근하면서 가장 기다리는 때가 바로 점심시간이었다.

차준후와 같은 공간에서의 식사!

이 즐거움을 위해 매일 열심히 일하고 있는 건지도 몰랐다.

"요즘 처리해야 할 일들이 많죠?"

차준후가 입안의 음식물을 삼킨 다음에 물었다.

이번에 연달아 혁신적인 신사업을 만들어 낸 차준후 때문에 실비아 디온은 무척 바빠졌다.

"일이 많아지기는 했지만 걱정하지 않으셔도 돼요. 대표님에게 보고 배운 바가 많아요."

실비아 디온의 가볍게 웃으며 이야기했다.

일이 많아졌지만 보람찼다. 많은 업무를 처리할수록 차준후에게 도움이 되는 일이었으니까.

게다가 차준후를 보면서 배운 바가 있었다.

적당히 비서실의 직원들과 다른 부서에 업무를 떠넘겼다. 요즘 들어 차준후의 업무 방식을 따라 하고 있었기에 점점 여유가 생겨나고 있었다.

"저처럼 쉬엄쉬엄 편하게 하세요."

차준후가 직원들에게 번거로운 일을 맡기기는 했지만 무관심한 건 아니다. 가장 중요한 일은 어디까지나 본인이 결정하고 처리했다.

유능한 직원들이 핵심이었다.

"네."

실비아 디온은 이제 차준후의 경영 방식이 무척이나 편하고 좋다는 걸 느꼈다.

"요즘 제 주변이 시끄럽기는 한 것 같아요."

"시끄럽지 않도록 제가 더 신경을 썼어야 했는데 죄송해요."

"지금보다 어떻게 더 신경을 쓰나요? 그런 의미로 한 말이 아니에요."

"그래도 대표님이 더 편안하게 생활하실 수 있도록 제가 만들어야 했어요."

"대한민국으로 돌아가야겠어요."

차준후는 시끌벅적한 미국을 떠나 대한민국으로의 귀국을 결정했다.

미국에서의 삶은 편하고 좋았지만, 때로는 피곤하기도 했다. 요란한 미국인들의 시선을 떠나 대한민국으로 돌아가고 싶었다.

자유로운 미국이지만 대한민국이 더 아늑하게 느껴졌다.

너무 오랜 시간 떠나와 있었다.

"전용기를 준비해 놓을게요."

"펼쳐 놓은 국내 사업들이 어떻게 진행되고 있는지도 궁금하네요."

사업 진행 상황은 미국에서도 보고를 받고 있었지만 직접 두 눈으로 보고 싶은 차준후였다.
"좋아할 사람들이 많겠어요."
"직접 처리할 수 있는 사안들까지 보고해서 너무 피곤합니다."
문상진은 전권을 일임한 사안에 대해서도 시시때때로 차준후의 의견을 묻는 서신을 보내왔다.
대현과 성삼의 회장님들도 간간이 편지를 보내왔다.
그리고 박정하에게서도 귀국 일정에 대한 문의가 계속 날아왔다.
그들은 모두 능력과 결단력들이 있는 사람들이라 직접 문제들을 현명하게 처리하고도 남았다. 그럼에도 불구하고 차준후의 의견을 구하려고 난리였다.
"그만큼 대표님을 믿고 있는 거죠."
실비아 디온이 눈웃음을 지었다.
어렵고 불가능한 문제를 턱턱 해결하니, 왜 도움을 받고 싶지 않겠는가.
"귀국하면 그건 그대로 또 요란해지겠네요."
차준후는 대한민국에서도 편안하게 보내지 못할 거라는 걸 알고 있었다.
그래도 미국보다 고국인 대한민국이 편하고 좋았다.

* * *

"대표님, 돌아오신 걸 환영합니다. 한동안은 밖으로 나가지 않으실 거죠?"

문상진이 차준후를 보자마자 묻는 이야기였다.

그동안 스카이 포레스트의 책임자로 있으면서 많은 고생을 한 표정이었다.

청와대와 정치인, 대현과 성삼의 회장님들을 비롯한 국내 경영인들, 그리고 한국 주재 대사를 비롯한 여러 해외의 높은 사람들과의 만남은 문상진을 정신적으로 피폐하게 만들었다.

"당장 해외 순방 계획은 없지만 앞으로 어떻게 될지는 장담 못합니다."

차준후는 언제 다시 해외로 나가게 될지 몰랐다.

"저 좀 살려 주십시오."

"잘하시면서 엄살이 너무 심하네요."

차준후가 가볍게 묵살했다.

대표가 부하 직원의 눈치를 살피면 되겠는가. 부하 직원이 대표의 눈치를 봐야 정상이다.

"계속 정부가 저에게 윽박지른다고요. 그리고 대현 회장님도 툴툴거리시고, 성삼의 회장님은 조용하지만 은근히 압박을 하신단 말입니다."

그동안 당한 것이 많은 문상진이었다. 차준후에게는 아무 말도 못하면서 만만한 문상진은 들들 볶고 있었다.

"할 말 다 하세요. 왜 다 들어 주고 있습니까?"

피곤하게 살고 있는 문상진이었다.

그쪽에서 문상진의 눈치를 봐야 했다.

대한민국의 여러 기간 산업에 스카이 포레스트가 자금을 대고 있었고, 해외 기업과의 기술 협력도 관여하고 있었다.

스카이 포레스트가 빠지면 기간 산업이 아예 멈춰 버린다. 스카이 포레스트는 이제 대한민국이 감당할 수 없을 정도로 커졌다.

이건 대현과 성삼의 사업에서도 마찬가지였다.

"네? 제가 그래도 되나요?"

"자신감을 가지세요. 부회장님이 쓴소리를 하면 저쪽에서는 한 마디도 못할 겁니다."

차준후의 부재 시 국내 사업의 전권을 행사할 수 있는 문상진이었다.

"그래도 제가 대표님이 아닌데 어떻게 그렇게 막 나갈 수 있나요?"

"막 나가는 게 아니라 할 말을 하는 겁니다. 만약 문제가 생기면 제가 책임지죠. 이러면 되겠습니까?"

"험! 그러면 앞으로 대표님처럼 행동해 보겠습니다."

그간 차준후가 사고를 칠 때마다 그걸 해결하기 위해 동분서주해 오지 않았던가. 그때마다 눈치 보지 않고 할 말 다하는 차준후가 부러웠던 문상진이었다.

그동안 차준후를 보며 배운 바가 있기에 문상진은 잘 해낼 자신이 있었다.

* * *

「대한민국에서 불법적으로 강탈한 문화재 반환 추진!」
「우키시마호 조사 착수.」
「우시키마호 승선 명부 발견. 의문의 침몰 사고 진상파악.」
「일본은 대한민국과의 선린우호 관계를 원한다.」

일본 정부에서 필사적으로 스카이 포레스트와 가까워지려는 화해의 손길을 내밀었다. 스카이 포레스트와 직통 대화 채널이 없다 보니 대외적으로 알릴 수밖에 없었다.

얼마 전까지 고압적이면서 높은 위치에 있었던 모습과는 딴판이었다. 낮은 위치에서 이야기하고 있었다.

이럴 수밖에 없는 것이, 일본이 주력으로 내밀고 있는 중화학 공업에서 기존까지와 확연히 다른 추세가 나오기 시작했기 때문이었다.

매년 고도 성장을 하고 있던 사업들에 브레이크가 걸리면서 성장력이 눈에 띄게 하락하였다. 이 사업들은 일본에서 토요마타를 비롯한 주요 기업들과 연관되어 있었고, 일본 경제에 크게 영향을 끼쳤다.

경제 성장이 예년보다 못하게 나올 가능성이 높아졌다. 일본 정부의 발등에 불이 떨어진 것이다.

이 불은 일본 내부에서 나온 것이 아니라, 외부에서 온 것이라 여러 정책을 내놓아도 쉽게 꺼지지 않았다. 그리고 이 불은 줄어들지 않고 점점 더 커져 나갔다.

스카이 포레스트에서 질러 버린 불을 끄지 못하면 일본 경제에 큰 위기가 닥칠 수도 있었다. 일본 경제에 먹구름이 심하게 밀려왔다.

그리고 일본 입장에서 더욱 미치고 팔짝 뛸 수밖에 없는 것은 스카이 포레스트가 홀로 일본을 압박하는 게 아니라는 점 때문이었다.

스카이 포레스트는 자사가 특허를 보유한 LNG, 우로키나아제 치료제, 카세트 플레이어, 희토류 자석 등 다양한 사업 분야에서 여러 정부, 기업들과 동맹을 맺었다.

그리고 그렇게 관계를 맺은 정부, 기업들이 연계되어 하나의 거대한 연합체를 형성했다.

이 연합체는 빠르게 덩치를 키워 나갔다. 하나같이 미래의 핵심 사업과 연결되어 있었으니 당연하면서도 자연스러운 일이었다.

그러나 일본 정부과 기업은 그 미래 핵심 사업들 중 어느 것 하나에도 발을 걸치지 못했다.

스카이 포레스트가 주도하는 사업의 연합체 구성원들은 일본을 돕기보다 방치할 때 더욱 큰 이득을 누릴 수 있었다. 괜히 도움의 손길을 내밀다가 스카이 포레스트에게 미움을 받을지도 몰랐다.

이 때문에 스카이 포레스트와 동맹을 맺은 연합체에서는 일본에 도움의 손길을 내밀지 않았다. 일본을 꺼려 하는 국제 분위기가 서서히 조성되고 있었다.

그렇게 스카이 포레스트의 주도로 형성된 거대한 연합체에 일본은 사방이 포위되는 형국이 되어 버렸다.

일본은 점점 외로운 섬으로 전락해 갔고, 어떻게든 단독으로 성장을 하려고 발버둥 쳤지만 역부족이었다.

이 모든 걸 주도하는 건 스카이 포레스트였고, 그 중심에는 차준후가 있었다. 차준후로 인해 일본이 어렵고 난처한 처지에 내몰리는 것이었다.

일본이 차준후와의 관계를 다시 회복하려고 안달일 수밖에 없었다.

"요즘 신문 볼 맛이 난다."

"일본이 바닥을 아주 설설 기고 있잖아. 이런 기사를 읽을 때마다 너무 좋아."

"일본 놈들이 왜 이렇게 눈치를 보고 있겠냐? 이게 다 차쥬후 대표가 해낸 결과 덕분이잖아. 이건 제발 함께 사업할 수 있게 해 달라는 이야기야."

"그건 안 되지. 일본에게 우리의 자랑인 차준후 대표를 넘길 수는 없어. 이 정도 한 걸로는 절대 안 된다고."

"그럼 어떻게 하면 넘길래?"

"음! 일본이 백배사죄를 한다고 해도 넘기지 못할 것 같아."

"나도 그래."

한국인들은 일본의 납작 엎드린 자세에 고소해하고 있었다. 지금 눈앞에서 한국인들의 입맛에 맞는 행동을 한다고 해서 고마워할 리가 없었다.

그러한 여론에도 일본은 계속해서 스카이 포레스트에게 구애를 했고, 그건 한일 국교 정상화에도 커다란 영향을 끼쳤다.

한일 회담 과정에서 일본 대표는 김천일에게 차준후와 만나게 해 줄 수 없느냐고 통사정을 하였다.

그에 김천일은 그 대가로 여러 가지 요구 조건을 제시했고, 일본은 울며 겨자 먹기로 그 조건을 받아들여야만 했다.

그렇게 스카이 포레스트의 본사 건물에서 일본 외무성 장관과 경제산업성 장관이 방문하여 차준후와 대화를 나

한국인 〈71〉

누는 것으로 약속이 잡혔다.
아니, 그럴 예정이었다.

- 장관 두 명과의 만남은 부담스럽다. 한 명만 만나고 싶다.

차준후는 외무성, 경제산업성 장관 중 한 명하고만 대화를 나누겠다고 선을 그었다.
어차피 나올 이야기는 뻔한데, 두 명이나 와 봤자 피곤하기만 할 뿐이었다.
"만나 뵙게 되어 영광입니다."
경제산업성 오타니 장관이 허리를 굽혀 인사했다. 만나 준 걸 대단히 감사해하는 모습이었다.
이 만남을 위해 참으로 많은 걸 일본이 희생하였다.
함께 온 경제산업성 직원이 한국어로 통역을 해 줬다.
"반갑습니다. 앉아서 이야기하시죠."
차준후가 고개를 살짝 숙이며 가볍게 인사를 나눴다.
일본어를 알아들었지만 통역사를 사이에 끼고 대화하였다. 구태여 일본어로 대화하고 싶지 않았으니까.
'칫!'
허리 숙인 자신과 달리 고개만 까닥이는 차준후의 인사에 속이 상한 오타니 장관이었다.

그리고 그의 심기를 불편하게 만드는 건 그뿐만이 아니었다.

그는 차준후가 일본어를 능숙하게 사용할 줄 안다는 정보를 파악하고 있었고, 그렇다면 통역사를 대동하지 않고 단둘이 대화를 나누는 것도 가능했다.

그런데 이렇게 통역사를 대동한 이유는 뻔했다.

기분이 나쁠 수밖에 없는 상황이었으나 오타니 장관은 그런 속내를 드러내지 않은 채 말했다.

"우선 대화에 앞서 일본이 스카이 포레스트에 저지른 잘못을 사죄드립니다."

오타니 장관이 재차 허리를 숙였다.

협상을 하기 전부터 철저하게 차준후의 얼어붙은 마음을 녹여 내기 위해 자세였다.

"잘못이요?"

"화장품 원재료 수출 금지를 해서 대표님의 심기를 어지럽히는 잘못을 범했습니다. 이 자리를 빌려 용서를 구하는 바입니다."

"마음에도 없는 이야기는 하실 필요 없습니다. 일본 정부가 스카이 포레스트를 못마땅하게 생각하고 더 성장하지 못하도록 방해하려던 건 알고 있으니까요. 저 또한 똑같이 행동을 하고 있으니 충분히 이해합니다."

차준후는 일절의 꾸밈도 없이 직설적으로 자신의 생각

을 표현했다.

무례할 수밖에 없는 표현들에 깜짝 놀란 통역사는 조심스레 차준후의 말을 통역했다.

"큭! 그럴 의도는 없었습니다."

오타니 장관이 크게 당황하면서도 황급히 부인하였다.

"알 만한 분이 왜 이러십니까. 일본은 스카이 포레스트를 못마땅해하고 있잖습니까."

차준후가 오타니 장관을 똑바로 응시했다.

화장품 원재료 수출 금지를 주도한 기관이 일본의 외무성이었지만 경제산업성도 한 발 걸치고 있었다. 사태가 이처럼 커졌는데, 장관이 이런 사실을 몰랐다는 건 말도 안 됐다.

"험험! 모두 제 불찰입니다. 시세삼도와 협력해서 잘못을 저지른 관리와 해당 부서에 책임을 묻기 위한 조치를 단행하고 있습니다."

변명을 하는 오타니 장관의 얼굴이 붉게 달아올랐다.

전형적인 꼬리 자르기였다.

이걸 그대로 인정할 수는 없는 노릇이었다. 너무 없어 보이니까.

국가적으로 치졸한 짓을 벌였다가 오히려 큰 손해를 보고 말았다. 일본의 체면이 말이 아니었다.

"그렇게 생각하고 싶으시다면야."

"일본은 스카이 포레스트와의 좋은 관계를 희망합니다."

"좋게 지내면 나쁠 긴 없지요."

대한민국과 일본이 좋게 지내면 서로 얻을 게 많았다.

스카이 포레스트는 일본이 아닌 다른 국가에서 화장품 원재료를 수입한다고 해도 별다른 문제가 없었지만, 다른 중소기업에서는 더 비싼 가격에 수입을 해야 하는 탓에 부담이 될 수밖에 없는 상황이었다.

상대적으로 저렴한 원재료 수입에 중소기업들은 쌍수를 들고 환영할 것이었다.

"잘 생각하셨습니다. 일본과 대한민국의 협력은 양국이 함께 발전해 나갈 수 있는 길입니다. 조속한 시일 내에 스카이 포레스트의 특허에 대해 협상할 수 있는 자리를 마련하는 것이 어떻겠습니까?"

"그건 조금 더 고려해 봐야 하는 사안입니다."

차준후가 선을 그었다.

"네? 좋게 지내자고 말씀하셨잖습니까?"

"가까운 이웃 국가들끼리 불편한 관계로 있기보다 잘 지내는 것이 좋다는 의견이었습니다."

어디까지나 차준후는 원칙적으로 이야기했을 뿐이다.

"일본 기업들과 특허를 서로 공유하는 편이 좋지 않겠습니까? 일본에는 스카이 포레스트에 제공할 특허들이 많습니다. 스카이 포레스트의 성장에 큰 힘을 불어넣어

줄 수 있습니다."

오타니 장관이 억지로 미소를 쥐어 짜냈다.

만약 일반적인 기업이었다면 분명히 큰 매력으로 다가왔을 제안이었다.

"그렇기는 한데 유럽, 미국과의 연합만으로 충분합니다."

차준후는 스카이 포레스트의 사업에 일본을 끼워 주지 않겠다는 걸 분명히 밝혔다.

냉정하게 말해서 일본을 끼워 줄 필요가 없었다.

일본이 줄 수 있는 건 미국과 유럽에서 충분히 제공하였고, 또 세계 경제의 한 축으로 떠오르고 있는 일본을 압박하면서 연합체의 끈끈한 결속력이 더욱 강해지고 있었다.

오히려 일본이 존재하기 때문에 스카이 포레스트의 연합체가 더욱 빛을 발했다.

이 연합체가 더욱 강력해질수록 일본은 견디기 어려워진다. 그렇기에 발 빠르게 움직여서 차준후와 대화의 장을 마련한 것이었다.

대화의 장이 마련되었지만 서로의 입장만 다시 확인할 뿐이었다.

"일본에 속죄할 수 있는 기회를 주십시오. 스카이 포레스트의 화려한 번영에 기여하고 싶습니다."

오타니 장관이 이를 악물고 이야기했다.

이쯤 되니 원망스러웠다.

왜 사태를 이렇게 발전시켰는지, 돌아가면 수출 금지를 주도한 부하 직원에게 본때를 보여 줄 작정이었다.

그의 말을 통역사가 재빨리 통역하였다.

"스카이 포레스트의 번영은 일본의 속죄와 관련이 없습니다. 저는 그저 신뢰를 잃어버린 국가의 기업들과 사업할 필요성을 느끼지 못할 뿐입니다."

차준후는 솔직히 일본이 괘씸했다.

일제강점기 이후, 시대를 불문하고 한국인들은 일본에 신뢰를 가지고 있지 않았다. 잘못을 뉘우치지 않고 뻔뻔하게 나오는 일본의 행태에 분노하였다.

신뢰가 없다면 결국 관계는 파탄이 나기 마련이었다.

스카이 포레스트와 일본의 관계가 삐꺽거리게 된 건 일본의 수출 금지가 발단이 되었지만, 사실 그 문제가 아니더라도 어차피 언젠가는 닥쳤을 문제였다.

일본이 과거의 잘못을 반성하고 사죄하여 과오를 청산하기 전까지는 제대로 된 관계가 형성될 수 없었다.

"신뢰가 먼저라는 말씀이군요. 잘 알았습니다."

오타니 장관은 차준후가 원하는 게 뭔지 깨달았다.

앞으로 한동안 스카이 포레스트는 세계의 경제를 주름잡을 것이 분명했다. 저 천재의 머릿속에서 또 어떤 혁신적인 지식이 튀어나올지 짐작하기조차 어려웠다.

왜 세상을 경악하게 만든 천재 대한민국에서 나왔단 말인가!

앞으로 일본은 차준후로 인해 전전긍긍할 수밖에 없었다.

한 사람이 국가를 압박하다니…….

차준후의 일본을 불신하는 사태를 방치하면 일본 경제가 아주 위험해지리라는 신호를 오타니 장관은 강하게 받았다.

한국에서 그냥 천재가 나왔다 하더라도 일본은 심기가 불편했을 것이다.

그런데 심지어 눈앞의 차준후는 다른 나라의 수많은 기업들과는 친하게 지내며 협력하여 다양한 사업을 하고, 그 기업들에게 막대한 이득을 안겨 주면서 일본에게만 아주 냉랭하게 대했다.

일본이라면 치를 떨 정도로 싫어하는 차준후였고, 철벽을 치고서 일본과의 사업에 선을 그어 버렸다. 이 때문에 스카이 포레스트가 주도하는 산업에 진출한 일본의 기업들이 휘청거렸다.

현 상황이 유지된다면 그 기업들은 뿌리까지 흔들리는 상황에 닥칠지도 몰랐다.

차준후가 마음에 들진 않았지만, 지금은 감정적으로 행동할 때가 아니었다. 자존심을 굽히고 어떻게든 차준후의 환심을 사야만 했다.

"신뢰를 받을 수 있는 방법을 마련한 뒤에 다시 찾아뵙겠습니다."

오타니 장관의 표정이 비장했다.

차준후와의 관계 개선이 일본 경제에 도움이 될 것을 잘 알기에 그는 어떻게든 방법을 찾고자 했다.

"그렇게 하세요."

차준후가 오타니 장관를 돌려보냈다.

서로의 입장을 확인하는 자리였다. 오타니 장관이 잘 알아들은 것 같았지만 그걸 실천하는 건 다른 문제였다.

"일본이 제대로 사과와 배상을 할 수 있을까?"

싸늘한 표정의 차준후다.

대한민국에 사과와 배상을 하는 것만이 스카이 포레스트와의 관계를 새롭게 시작할 수 있는 유일한 길이며, 그것이 일본에게 크다큰 도움이 될 거라는 걸 현명한 사람이라면 알 것이다.

그러나 때로는 옳은 길이라고 해도 그 길을 택하지 않는 경우가 있다. 일본은 특히 대한민국과 얽힌 일에는 감정적으로 행동하고, 실수와 잘못된 선택을 범하곤 했다.

일본은 극우 세력이 엄청난 힘을 발휘하는 국가였다.

전쟁에서 패배를 하였지만 여전히 극우 세력의 뿌리가 곳곳에 깊게 박혀 있었다. 제국주의 향수가 남아 있는 극우 세력은 정치권과 경제계에서 큰 힘을 발휘했다.

"앞으로 일본이 시끄러워지겠어."

일본에 불화의 씨앗을 던진 차준후가 일본의 앞날을 예견했다.

이건 전쟁이다.

전쟁에서 승리하기 위해서는 적들의 분열을 조장하는 건 아주 고전적인 수법이었다.

* * *

「일본 내각 총사퇴.」

「시게마루 내각 출범. 시게마루 총리가 취임하면서 한일 국교 정상화 논의를 처음부터 새롭게 하겠다고 밝혔다.」

「나약하고 어리석은 전 정부의 행태를 비판한 시게마루 총리.」

「문화재 반환 검토 취소. 한국의 문화재는 약탈이 아니라 정당하게 취득한 것!」

의원내각제인 일본에선 행정부의 수장인 총리가 국회의원의 투표로 자격이 부여되는 탓에 관습적으로 집권당의 총재가 차지한다.

그런데 전 총리는 스카이 포레스트에게 유화적인 태도

를 취하며 집권당 소속 의원들의 신임을 잃었고, 결국 총리 자리에서 내려오게 되었다.

"협상을 하러 보냈더니, 이건 무조건 항복을 하고 온 거요. 이건 일본의 치욕이요."

"한국에 사과와 배상을 한다는 건 절대 있을 수 없소."

"애당초 협상을 하면 안 되는 일이요."

"협력을 하지 말고 일본 단독으로 해냅시다. 당당한 우리 일본이 한국 기업의 눈치를 봐야 한다는 것부터가 말이 안 됩니다."

이번 협상의 전말을 듣고 분노하는 일본 정치인들이 상당했다.

사실 이번에 차준후를 만난 오타니 장관이 기술 협력이라는 제대로 된 성과를 가져왔다면 상황을 달라졌을 것이었다.

신뢰를 보이라는 요구!

정식으로 사과와 배상을 하라는 차준후의 이야기가 일본 정치권의 심기를 건드렸다. 일본의 정치권을 막후에서 지배하고 있는 우익 세력에게 일제강점기에 대한 정식 사과는 있을 수 없는 일이었다.

불쾌해진 일본 정치권은 지금까지 보여 줬던 유화적인 태도를 한순간에 바꿔 버렸다.

처음부터 일본은 제대로 된 협상을 하려는 것이 아니

라, 스카이 포레스트와 기술 협력을 위해 간을 본 것이나 마찬가지였다.

좋게 포장을 했지만 일본은 음흉하고 비열한 속내를 숨긴 채 차준후에게 접근한 것이었다. 기술 협력이 이뤄졌다고 해도 일본이 약속한 협정들이 제대로 행해진다고 믿기 어려웠다.

일본은 적당한 비용을 지불하고 특히 기술만 홀라당 차지하고 빼앗으려는 생각이 강했다.

"역시 이래야지. 그동안 한국인들의 눈치를 살피는 정치권을 보면서 속이 답답했다."

"미쳤다고 봤다."

"문화재를 돌려주고 사과와 배상을 한다고? 미친 게 맞지. 내각 총사퇴는 당연한 거야."

"제대로 된 정치인을 뽑아야 해. 그래야 나라가 잘 돌아가지."

일본인들은 새롭게 출범한 시게마루 내각을 환영했다.

시게마루 내각은 출범하자마자 대한민국과 약속했던 협약들을 무효화했다.

정권이 바뀌었다지만 이렇게 하루아침에 국가 간의 약속을 깨 버린다는 건 엄청난 결례이고, 국제적 망신이었다.

민심은 모으는 데 성공했을지 몰라도, 세계화 시대에서

이건 엄청난 악수였다.

그리고 또한 차준후에게 남아 있던 일말의 기대감마저 잃어버리는 행동이기도 했다.

일부 깨어 있는 시각을 가진 일본인들은 인정할 건 인정하고 한국에 사과해야 한다고 목소리를 높였다. 그리고 그를 통해 차준후와의 관계를 개선하는 것이 일본의 국익에 더 도움이 된다고 주장했다.

"스카이 포레스트의 특허를 회피하여 새로운 기술을 개발한다는 건 전 세계 어느 국가나 기업이라 할지라도 어렵다는 것이 전문가들의 통상적인 견해입니다. 이미 우리 일본 또한 스카이 포레스트의 특허를 회피하기 위해 천문학적인 자금을 투입하여 연구하고 있지만 현재까지 아무런 성과도 내지 못한 것이 현실입니다."

일본의 기업과 국가 연구소는 LNG, 나노 징크옥사이드, 희토류 자석 등을 비롯해 스카이 포레스트가 출원한 다양한 특허를 우회하기 위해 투자를 아끼지 않았다.

일본의 내로라하는 인재들은 아낌없는 연구비와 장비를 지원받아 마음껏 연구를 진행할 수 있었다.

그러나 일본 최고의 환경에서 최고의 인재들이 밤낮으로 연구를 진행했으나, 어떤 성과도 얻지 못한 것이다.

일본은 처음엔 자신만만하게 스카이 포레스트의 특허를 우회할 수 있으리라 생각했지만, 아무리 많은 돈과 시간을 들여도 성과가 없자 결국 쉽지 않다는 걸 깨달았다.

"국가적 역량을 총동원했지만 일본만의 특허 획득에 실패했습니다. 그리고 앞으로도 성공 가능성이 높지 않습니다."

현실을 정확히 직시한 이야기였다.

그렇지만 일반인들의 시각에서는 쉽사리 받아들이기 어려울 수밖에 없었다.

"그건 노력이 부족하기 때문입니다. 우리 일본이 제대로 집중하면 해낼 수 있어요. 안 된다는 패배자 정신은 버려야만 합니다."

일본 우익은 자신감이 넘쳤다.

그들의 주장은 수많은 일본인들의 마음에 쏙 들었다.

일본의 기술력으로 독창적인 특허를 완성!

일본인들이 지지할 수밖에 없는 아주 매력적인 이야기였다. 최빈국 한국의 일개 기업이 할 수 있는 일을 일본이 못해 낸다는 건 말도 안 된다고 여겼다.

* * *

"정말 너무하네요. 일본에서 적극적으로 관계를 개선하겠다고 나서 놓고서 뒤통수를 강하게 때리는 형국입니다."

문상진이 이를 갈며 분노했다. 그가 손에 들고 있는 신문이 부들부들 흔들리고 있었다.

일본에서 벌어지고 있는 각종 소식들을 언론사에서 매일 보도하고 있었다. 그 가운데 스카이 포레스트와 연관된 내용들이 상당했다.

"역시 일본은 신뢰를 주는 국가가 아니네요."

차준후가 차갑게 말했다.

"이건 사기를 치는 것과 똑같습니다. 스카이 포레스트를 얼마나 하찮게 봤으면 이런 짓을 할 수 있는 겁니까?"

평소 차분하고 점잖은 문상진의 모습은 보이지 않았다. 존경하는 차준후에게 일본이 장난을 친 것 같아서 무척이나 불쾌했다.

"애당초 크게 기대도 하지 않았습니다. 그리고 일본과 잘 풀리면 나쁠 건 없겠다 정도였지, 딱히 아무래도 상관없기도 하고요."

차준후는 일본을 잘 알고 있었다.

일제강점기 시절에 대한 사과와 배상을 21세기까지도 정식으로 하지 않는 뻔뻔한 국가가 바로 일본이었다. 그런 일본이 1960년대에 대한민국에 고개를 숙인다는 건 무척이나 상상하기 힘든 일이었다.

"그런데도 일본에 사과와 배상을 요구하신 겁니까?"

"정식으로 받아야 한다고 생각했으니까요. 그리고 정식 사과에 대해 일본에서도 진지하게 고민해야 한다고 봅니다."

 문상진은 일본이 사과할 거라 기대하지 않았다는 말에, 차준후의 요구에 무언가 다른 의도가 숨겨져 있다고 느꼈다.

 차준후는 결코 의미 없는 행동을 할 성격이 아니었다.

 잠시 골똘히 생각하던 문상진은 문득 떠오른 생각을 말했다.

 "혹시 일본 내부에서 자성의 목소리를 내게 하시려는 건가요?"

 조심스럽게 묻는 문상진이었다.

 확신이 들지는 않았다. 그런데 이것밖에는 다른 게 떠오르지 않았다.

 사실 이건 무척 순화해서 표현한 질문이었다. 원래는 일본 내부의 분열과 다툼을 꾀하려는 거냐고 원초적으로 물어보고 싶었다.

 "남이 요구해서 하는 진정성 없는 사과는 바라지 않습니다. 그러니 일본 내부에서 스스로 잘못을 깨닫게 하고 사과를 하게끔 만들어야 하는 거죠."

 차준후가 속내를 적당하게 밝혔다.

 너희들이 자발적으로 하지 못하면 강제로 하도록 만들어 주겠다!

 교활하다!

일본에 불화의 씨앗을 깊숙하게 박아 넣는 것이었다.

이 씨앗이 무럭무럭 자리면 일본의 우익 세력과 지열하게 다툴 것이 분명했다.

이건 일본을 이렇게 몰아갈 역량이 차준후에게 있기에 가능한 일이었다. 차준후에게 강한 힘이 없었다면 애당초 통하지도 않았다.

"역시 대표님이시네요."

언제 어디서나 다툼과 사건 사고를 불러오는 차준후였다.

그런데 이것이 싫지만은 않았다.

일본 내부의 분열과 다툼이 심해질수록 대한민국에 큰 이득이 되고, 정식으로 사과와 배상을 할 수 있는 길이 열리는 것이다.

"이번 일은 아주 마음에 듭니다. 제가 뭐 도울 게 있을까요?"

문상진이 적극적으로 달려들었다. 그도 한국인이었다.

"정식 사과와 배상이 있기 전에는 스카이 포레스트와의 기술 협력은 없다는 걸 확실하게 일본에 알려 주세요."

지금은 일본의 우익이 목소리를 높이고 있다.

그러나 경제 상황이 나빠지면 목소리가 줄어들 수밖에 없다. 시간은 스카이 포레스트의 편이었다.

시간이 흐를수록 일본 경제는 추락하고, 일본 국민들은

심각한 상황에 처한 뒤에야 스카이 포레스트의 대단함을 알게 될 것이다.

"알겠습니다. 그리고 차후에 대표님과 만나려면 일본에서 확실하게 약속 이행을 먼저 하라고 요구하겠습니다."

문상진은 약속을 헌신짝처럼 내던진 일본을 더 이상 믿지 않았다. 그래서 이제 먼저 대가를 요구할 생각이었다.

신뢰를 못 주는 국가에게 하는 당연한 요구였다.

"일본에게는 확실히 받을 건 먼저 받고 시작하는 게 좋아 보입니다. 제가 이번에 살펴보니, 일본으로 넘어간 대한민국의 문화재가 상당하더군요. 그것들을 환수할 수 있는 방법을 마련하세요."

차준후는 반출된 문화재 환수를 원했다.

제4장.

변화의 바람

변화의 바람

잃어버린 문화재는 대한민국의 아픈 역사이다.

그 역사의 상처를 다시금 국내로 들여와서 살펴보는 건 이 땅에서 살아가는 한국인들이 마땅히 해야 할 일이었다.

대한민국의 문화유산은 후대에 전해 줘야 할 자산이었다.

"돈이 많이 들 텐데요?"

"우리 회사에 현금이 많잖습니까. 돈 걱정은 하지 말고 문화재들을 국내로 들여오세요."

"돈을 팍팍 쓰겠습니다."

"유준홍 박물관장님과 문화재 환수를 의논해 보세요. 그분이 이쪽에 대해 잘 알고 계십니다."

"알겠습니다."

시간이 지날수록 일본에서 문화재를 들여오기가 힘들어진다.

일본은 대한민국의 문화재들을 국보로 지정하기까지 한다. 역사를 왜곡하는 데에 있어서 참으로 거리낌이 없는 일본이었다.

"해외로 반출된 문화재의 조사와 환수 운동을 이끄는 민간단체도 설립하세요."

일찌감치 잘못된 역사를 바로잡는 일에 힘을 쓰려는 차준후였다.

반출된 문화유산 실태 조사를 철저하게 하기 위해서는 많은 인력과 철저한 조사가 필요했다. 그리고 이 과정에 엄청난 돈이 들어갈 수밖에 없었다. 그 돈을 스카이 포레스트와 차준후가 감당하려고 했다.

* * *

세계적인 인기와 수요 확대에 스카이 포레스트는 생산 능력 확대에 나섰다.

새로운 공장 건설에 박차를 가하는 한편, 신규 직원 채용과 기존 공장의 효율성 개선을 통해 밀려드는 주문에 적극 대응하고자 했다.

생산 라인의 설비들을 희토류 자석이 들어간 최신식 설

비들로 전부 교체하였고, 이것만으로도 생산 효율이 극대화되며 화장품 생산량이 대폭 증가할 것으로 기대됐다.

좋은 장비가 있으면 스카이 포레스트에 가장 먼저 적용시키는 차준후였다.

"희토류 자석이 들어간 모터를 설치한 것만으로도 생산성이 크게 늘어날 겁니다. 이 모든 게 바로 차준후 대표의 큰 그림이었군요. 정말 감탄했습니다."

신판정이 스카이 포레스트 공장 내 생산 라인을 최신 장비로 바꾸기 위해서 직접 나왔다.

"효율이 얼마나 늘어납니까?"

설비를 최신으로 바꾸는 날이었기에 차준후가 직접 공장을 방문했다.

"1차적으로 17% 정도 늘어날 거라고 봅니다. 2차적으로 손을 보면 30%까지 끌어올릴 수 있어요."

"음! 그에 맞춰서 직원들을 더 늘려야겠군요."

모터를 바꾼 기계들이 힘차게 작동했다.

차준후가 신판정과 함께 화장품 원료를 배합하는 공간으로 들어섰다.

"잘 좀 해 봐."

"작업 지침서대로 하고 있어. 그런데 잘 안 돼."

"네 실력이 부족한 거지. 내가 할 테니까 비켜."

"너도 못하고 있네."

배합실에서 기술자들이 자동화 설비를 새롭게 바꾸기 위해서 땀을 뻘뻘 흘리고 있었다. 뭔가 작업이 제대로 진행되지 않는 모습이었다.

배합기에 연결된 장비들이 분해되어 있었고, 한쪽에는 새롭게 장착한 부품들이 놓여 있었다. 새로운 부품을 장착하는 과정에서 문제가 생긴 것이었다.

배합기 주변에 모인 기술자들의 힘들어하는 모습에 신판정이 그쪽으로 다가갔다. 자연스럽게 차준후도 뒤따랐다.

"무슨 일인가?"

신판정이 물었다.

"억! 기술고문님, 대표님."

"안녕하십니까, 대표님."

높은 분들의 등장에 기술자들이 깜짝 놀랐다.

기술자들이 허둥거리면서도 차준후에게 공손하게 인사했다.

"뭐가 안 된다는 건가?"

기술자들이 신판정의 물음에 난처한 표정을 숨기지 못했다.

"기존 부품을 빼고 새로운 부품으로 바꿨는데 작동이 되질 않습니다. 왜 그런지 이유를 알지 못하겠습니다."

"잠깐 살펴봐도 될까요?"

신판정이 차준후에게 물었다.

혼사였으면 모를까, 오늘은 차준후에게 안내를 해 주는 역할도 겸하고 있기에 마음대로 행동할 수는 없었다.

"편하게 살펴보세요."

차준후가 기꺼이 승낙했다.

자신의 안내보다 공장의 설비가 문제없이 돌아가는 게 훨씬 더 중요했다.

"음! 내가 살펴보지."

문제 원인을 찾기 위해 신판정이 직접 나섰다. 이 분야의 대한민국 최고 전문가가 바로 그였다.

지금껏 느긋한 모습으로 차준후에게 조곤조곤 차분하게 설명해 주던 모습과 달리, 기술자들의 앞에 나선 신판정은 어느새 진지한 표정을 짓고 있었다.

"이 작업 지침서에 모든 게 다 나와 있지는 않네."

"기술고문님의 말씀처럼 미국의 작업 지침서가 불친절해요."

"그렇기는 한데 최신기계공학을 공부했으면 충분히 알 수 있는 문제야."

"죄송합니다."

"세상에 나온 지 얼마 안 된 기술이니까 모를 수도 있기는 하지. 그러나 기술자라면 매 순간 새로운 기술을 공부해야만 해."

"명심하겠습니다."

가볍게 타박을 한 신판정이 문제가 된 부분을 기술자들에게 상세하게 알려 줬다. 이런 세심한 부분은 서적이나 작업 지침서에 나오지 않는 가르침이었다.

기술자들이 가르침에 집중했다.

"역시 살아 있네."

차준후는 신판정이 뛰어난 기술자라는 걸 실감했다.

스카이 포레스트에서 근무하는 직원들은 대한민국 최고의 실력을 가진 사람들이었다. 그런 사람들이 끙끙거리면서 해결하지 못하던 문제를 단숨에 알아차렸다.

역시 신판정은 스카이 포레스트에 없어선 안 될 인물이었다.

그 때문에 차준후는 신판정이 결코 스카이 포레스트를 떠날 생각을 하지 못하게끔 잘 챙겨 주었고, 그의 눈치를 살피기도 했다.

"이렇게 하면 문제는 해결될 거야. 작동시켜 봐."

신판정이 빠르게 새로운 부품을 배합기들과 연결하였다.

"네. 작동시킵니다."

배합기가 돌아가기 시작했다.

최신 모터와 설비들이 들어간 배합기의 작동 소리가 실내에 부드럽게 울렸다.

희토류 자석이 들어간 모터가 핵심이었다. 기존보다 전

력이 적게 들어가면서도 생산 효율성은 크게 올려 주는 설비였다. 배합기 외에도 모디와 연동되는 다른 설비들도 바뀌었다.

"잘 작동하네. 조립과 나머지 사소한 것들은 자네들이 처리하게나."

"감사합니다. 많이 배웠습니다."

기술자들이 신판정에게 고개를 깊이 숙였다.

"열심히들 하게."

"손놀림이 더 빨라지셨네요."

차준후가 배합실을 나오며 말했다. 신판정의 실력이 나날이 늘어가고 있었다.

"일이 많다 보니 빠르게 하지 않으면 늦어서요."

"역시 대단한 기술고문님이십니다."

"제가 미국에서 자동문과 엘리베이터를 설치하면서 똑같은 문제를 경험해 봐서 빠르게 처리할 수 있었어요."

"사업은 어떻습니까?"

"아주 잘 진행되고 있지요. 경쟁 업체들이 생겨나서 성장 속도가 조금 떨어지나 하는 우려 섞인 말들이 나오기도 했는데, 그건 다 옛말이지요. 대표님 덕분입니다."

"네?"

어리둥절한 차준후였다.

요즘 이것저것 바쁜 신판정에 대한 관심을 살짝 내려놓

은 상태였다. 알아서도 잘 성장하고 있기에 구태여 신경을 쓸 필요도 없었다.

"대표님이 만든 희토류 자석 모터가 우리 회사의 일등공신입니다. 다른 경쟁사들 모터보다 아주 씽씽 돌아가서 끝내줍니다. 설치 주문 전화가 넘쳐 나서 직원들이 아주 난리입니다."

희토류 자석 모터와 일반 자석 모터는 차원이 달랐다.

희토류 자석 모터가 들어간 자동문은 고장이 더 적고, 또 문의 개폐 속도가 빠르면서도 전력 소모가 적었다.

설치 비용이 다소 높다는 단점이 있기는 하지만 장점이 훨씬 컸다. 그리고 그 설치 비용은 전력 소모를 따져 봤을 때 몇 년 지나면 충분히 회수가 됐다.

"고층 건물들에서 엘리베이터를 손본다고 아주 난리입니다. 아예 엘리베이터를 바꾼다고 하는 곳들도 늘어나고 있어요."

고층 건물에 엘리베이터는 필수다.

다만 건물이 고층일수록 엘리베이터의 전력 소모량도 많아지고, 고층까지 오르는 데 적잖은 시간이 소모될 수밖에 없었다.

그러나 희토류 자석 모터가 들어간 엘리베이터라면 그러한 문제들을 모두 해소시킬 수 있었다.

"역시 좋은 건 바로 따라 하네요."

차준후는 비용을 아끼지 않고 엘리베이터와 자동문들을 스카이 포레스트 건물에 하나들씩 설치히였다.

이 시설들에 대한 소문이 쫙 퍼졌다. 그리고 대한민국과 유럽 등에서 스카이 포레스트에 설치된 것과 똑같은 걸 요구하는 주문들이 쇄도했다.

- 스카이 포레스트와 같은 제품으로 설치해 주세요.
- 제가 뭘 주문할지 알죠? 가장 좋은 자동문과 엘리베이터로 해 주시면 됩니다. 스카이 포레스트 거요.
- 차준후 대표가 선택하는 회사 제품이 최고잖습니까.
- 돈이 얼마나 들던 같은 제품으로 해 주시면 됩니다.

언제부터인가 차준후의 선택을 따라 하는 기업과 사람들이 늘어났다.

묻고 따지지도 않았다.

비용이 다소 고가이기는 해도 사용해 보면 과연 남달랐다.

늦게 따라 했다가는 많은 예약으로 긴 대기를 해야만 했다. 그렇기에 빠르게 따라 하려고 소동이 벌어질 때도 많았다.

"대표님이 선택한 물건은 그 자체만으로 베스트셀러입니다."

덕분에 신판정은 비용을 들여 영업, 광고를 할 필요가 전혀 없었다.

차준후의 선택을 받았다는 것만으로도 충분한 광고 효과를 누릴 수 있었으니까.

미국과 유럽 등에서 어렵게 판로를 뚫지 않아도 알아서 손님들이 계속 찾아왔다. 지금 그 손님들만으로도 감당이 되질 않아 예약이 잔뜩 밀려 있었다.

* * *

지엘사의 대표인 구준영이 차준후를 찾아왔다.

희토류 자석 구매를 타진하러 온 자리였다.

차준후의 도움으로 A-501 라디오는 품질을 지속적으로 개선하고 있었다. 초기 불량 문제들이 잡히면서 점차 품질이 높아졌고, 백화점과 상점 등에서 잘 팔리고 있었다.

"제가 드디어 스카이 포레스트 아이스커피를 먹어 보는군요."

"이야기하시지요. 그럼 일찍 초대했을 텐데요."

차준후가 웃었다.

대체 이놈의 아이스커피 소문은 어떻게 난 것인지.

최고 품질의 원두와 커피를 타 주는 비서의 솜씨가 좋은 건 맞지만 너무 과하게 퍼져 나갔다.

물론 아이스커피의 맛도 맛이지만 더욱 중요한 건 차준후와 함께 마신다는 점이 사람들에게는 중요했다. 아이스커피를 마시면서 아주 대단한 걸 얻고는 했으니까.

대한민국의 사업가 및 학자들은 차준후의 초대와 방문을 간절히 기다리고 있었다.

"대표님께서 바쁘신 걸 잘 아는데 커피만 먹으러 올 수는 없지요."

"희토류 자석을 구매하고 싶으시다고요?"

"네! 그 A-501 라디오에 희토류 자석이 들어간 스피커와 부품들을 넣고 싶어서 찾아왔습니다. 그 부품들이 들어가면 수입을 하고 싶다는 미국 바이어가 있습니다."

구준영이 조마조마한 심정으로 이야기했다.

A-501 라디오를 국내에서만 판매하고 있었는데, 갑자기 미국 바이어가 수입 제안을 해 왔다.

뜻하지 않은 제안이었다.

A-501 라디오가 대한민국에서 잘 팔리고 있었지만 아직 해외에 수출되기에 부족한 점이 많았다. 더욱 발전시켜 해외 수출을 노려 볼 생각이었는데, 바이어가 먼저 찾아왔다.

내수 시장에서만 사업을 하는 것과 해외 수출까지 병행하는 건 매출 차이가 엄청날 수밖에 없었다.

또한 아직 대한민국에는 외화가 부족한 탓에 자본 유출

을 억제하기 위한 정책들이 유지되고 있는 상황이었다.

그로 인해 해외에서 장비, 설비 등을 수입해 오거나 하는 일에 정부의 승인을 받아야만 했고, 이를 위해서는 어느 정도의 수출 실적이 필요했다.

이번에 A-501 라디오를 수출할 수만 있다면 지엘사는 향후 해외에서 무언가를 수입해 오기 위한 실적을 충분히 달성할 수 있었다.

이건 지엘사에게 있어 엄청난 기회였다.

정말 반가운 이야기에 차준후가 환하게 웃었다. 역시 잠재력이 뛰어난 지엘사다웠다.

스카이 포레스트가 전체적으로 많이 도와준 건 사실이지만, 지엘사의 준비와 기술력도 만만치 않았다. 애당초 훌륭한 기초가 없었다면 차준후가 도움의 손길을 내밀지도 않았을 것이다.

"좋은 소식이군요. 알겠습니다. 희토류 자석을 판매하겠습니다."

"네? 이렇게 쉽게 승낙해 주신다고요?"

정작 요청을 한 구준영이 깜짝 놀랐다.

예전이었다면 모를까, 스카이 포레스트에서 스카이 뮤직을 생산하기 시작한 순간부터 지엘사는 경쟁사이기도 했다.

실제로 A-501 라디오는 국내에서만큼은 스카이 뮤직

못지않은 인기를 구가하고 있었다.

물론 이런 배경에는 스카이 뮤직이 보급형이라 할지라도 제법 고가인 탓에 A-501 라디오와 주요 소비층이 다르다는 점이 크게 작용했다.

스카이 뮤직은 A-501 라디오가 아닌, 해외에서 수입되는 고가의 제품들과 경쟁하였다.

만약 스카이 포레스트에서 저가형 제품까지 생산했다면? 지엘사로서는 아주 끔찍한 일이었다.

A-501 라디오에 스카이 포레스트의 부품이 들어간다면 기존보다 다소 단가는 높아지겠지만, 그래도 저가형 제품 라인에서 벗어나진 않을 터였다. 아슬아슬하게 저가의 이미지를 지키면서 품질을 최대한으로 끌어올리는 것이다.

요즘 미국에서는 스카이 포레스트라는 이름만 들어가도 날개 돋친 듯이 팔리는데, 미국도 저소득층은 똑같이 있을 테니 스카이 뮤직과 주요 소비층을 달리 가져가면서 충분히 경쟁력을 갖출 수 있었다.

"대한민국 제품이 미국에 수출되면 좋은 일이지요. 거절할 이유가 없잖습니까?"

차준후가 웃고 있었다.

홀로 대한민국 경제를 떠받칠 수는 없는 노릇이었다.

그렇기에 국내 기업들이 잘나갈 수 있도록 돕고 있었는

데, 지엘사가 알아서 미국 시장을 개척하였다. 경사였다.

"……스카이 포레스트가 손해를 볼 수도 있지 않겠습니까?"

주요 소비층이 겹치지 않을 뿐이지, 소비층이 100% 겹치지 않을 수는 없었다.

"그건 당연한 경쟁이지요. 어차피 지엘사가 아니더라도 다른 기업들에서도 계속 시장에 뛰어들 텐데 신경 쓰실 거 없습니다. 아니, 이번 기회에 지엘사에서도 카세트 플레이어까지 만들어 보시는 것도 괜찮겠네요."

"예? 정말 그래도 되는 겁니까?"

구준영은 차준후와 스카이 포레스트의 눈치를 보느라 카세트 플레이어를 만들지 않았다. 기업 내부에서 만들자는 의견이 나오고 있었지만 많은 도움을 준 차준후에게 몹쓸 짓을 하는 것 같았기 때문이었다.

"저는 해외의 기업보다 국내 기업이 더 잘나갔으면 좋겠습니다."

차준후는 지엘사의 참여를 반겼다.

애당초 독점할 수 있는 시장이 아니었다. 이미 시장에는 많은 카세트 플레이어들이 출시되고 있었다. 지금은 대한민국과 미국, 서독, 영국, 일본 등의 제품들이 치열하게 경쟁을 벌이고 있었다.

스카이 포레스트의 스카이 뮤직이 가장 앞서나가고 있

지만, 다른 국가의 제품들도 나름 선전을 펼쳤다. 카세트 테이프의 표준화 전쟁까지 벌어지면서 나름 치열했다.

"지엘사도 카세트 플레이어를 만들겠습니다."

구준영은 차준후를 만나기를 잘했다고 여겼다. 만날 때마다 얻는 게 무척이나 많았다.

이처럼 아낌없이 베푸는 사업가는 없었다. 서로 상생하는 것이 아니라 일방적으로 주는 것이다.

"잘 생각하셨습니다. 지엘사는 잘할 수 있을 겁니다."

"많이 도와주셔서 감사합니다."

구준영이 차준후에게 고개를 숙였다.

진심이다. 경쟁자로 자랄 수 있는 기업을 이렇게 적극적으로 돕는다는 건 있을 수 없는 일이었다.

"이러지 마세요. 같이 잘 나아가야지요."

차준후는 21세기 지엘사의 대단한 명성과 실력을 하루라도 빨리 갖췄으면 하는 바람을 가지고 있었다.

스카이 포레스트의 도움으로 해외 수출의 길이 열리고 있는 건 지엘사뿐만이 아니었다. 차준후의 아낌없는 협력 덕분에 대한민국의 수많은 중소기업들도 해외 수출에 뛰어들 수 있게 되었다.

"커피 다 드셨네요? 한 잔 더 드릴까요?"

차준후는 구준영과 할 이야기가 많았다.

목말라 보였다. 커피를 리필해 줘야지.

차준후와 벌써 몇 번째 대면하는 것이었지만, 볼 때마다 긴장이 되는 탓에 아이스커피를 벌컥벌컥 마셔 버린 구준영이었다.

"주신다면 감사히 먹겠습니다."

얼마나 신났는지 차준후가 직접 탕비실에 가서 아이스커피를 타 왔다. 가식적으로 기뻐하는 것이 아니라 즐거워하고 있는 게 보였다.

"수출 계약은 맺었습니까?"

"대표님과의 대화가 먼저라고 생각했습니다. 이제부터 계약을 맺어야지요."

희토류 자석을 받지 못한다면 어차피 수출은 불가능했다. 차준후와 이야기를 끝맺는 게 먼저였다.

"외국에 물건을 내다 팔려면 여러 절차가 필요합니다."

차준후의 말이 다소 빨라졌다.

나이는 어리지만 무역 수출 선배로서 알려 줘야 할 내용들이 적잖았다. 막연하게 수출 계약을 했다고 해서 끝이 아니었다.

수출 계약을 성사시킨 다음에 해야 할 수순들이 많고, 또 중요했다. 괜히 계약 한 번 잘못 맺었다가 큰 손해를 볼 수도 있었다.

"안 그래도 어떤 절차가 필요한지 알아보던 차입니다. 저를 비롯해 직원들 중 수출에 대해서 잘 아는 사람이 없어서요."

 지엘사에는 따로 부역을 담당하는 부서가 따로 없었다. 그 탓에 좋은 기회가 왔는데도 허둥지둥하고 있었다.

 "계약을 맺으면 빨리 진행해야 할 텐데, 직원이 없어서 고충이 많겠네요."

 "그렇지요. 사람을 새로 뽑으려고 합니다."

 "그럴 시간이 어디 있습니까. 저희 회사에 수출 업무를 연수받을 수 있는 직원들 몇 명 보내세요."

 해외 수출 경험이 있는 기업들이 거의 없었기에 배우는 것도 일이었다. 지엘사의 수출이 잘되기 위해서는 스카이 포레스트 차원의 지원이 필요해 보였다.

 "네?"

 시간을 허비할 때가 아니었다.

 지금 미국 시장에서 카세트 플레이어는 선풍적인 인기를 끌고 있었고, 이미 많은 회사들이 진출했고, 또 진입하고 있었다.

 시간이 흘러갈수록 시장 진입에 어려움이 생겨난다. 하루라도 빨리 진입하는 것이 필요했다.

 "저만 믿으세요. 수출이 잘될 수 있도록 밀어 드리겠습니다. 수출 계약만 팍팍 따내세요."

 차준후는 지원을 아끼지 않았다.

 "……감사합니다. 왜 이렇게 잘해 주시는 겁니까?"

울컥한 구준영이다.

회사가 휘청거리던 것이 불과 얼마 전인데, 귀인을 만나서 모든 게 잘 풀렸다.

국내에서조차 살아남을 수 있을까 걱정했건만 이제는 해외 시장 진출까지 목전에 두게 되었다.

감회가 새로울 수밖에 없었다.

"지엘사가 앞으로 크게 성장해서 대한민국 경제를 떠받쳐 주기를 바라고 있습니다."

차준후가 속내를 밝혔다.

21세기 가전제품에서 절대 강자의 자리를 차지하는 기업이 바로 지엘사이다. 그 지엘사의 냉장고, 텔레비전을 구매한 소비자 가운데 한 명이 바로 임준후였다.

가만히 앉아서 21세기까지 언제 기다리냐.

차준후는 미래의 첨단 제품을 하루라도 빨리 사용해 보고 싶었다.

"반드시 대한민국 경제의 기둥이 되겠습니다."

굳은 표정의 구준영이 의욕을 드러냈다.

이런 전폭적인 도움을 받고도 성공한 모습을 보여 주지 못하면 문제가 많았다.

구준영은 개인의 성공도 성공이지만 차준후에게 좋은 모습을 보여 주고 싶었다.

"약속한 겁니다. 어려운 게 있으면 찾아오세요."

차준후가 구준영과의 약속을 다시 한번 강조했다.

천문학적인 돈을 벌어들이고 있는 스카이 포레스트는 이제 단순한 기업을 넘어섰다. 엄청난 부와 혁신적인 기술로 대한민국을 비롯한 세계에 영향력을 행사하고 있었다.

차준후는 사람이나 기업에게 관여하면서 역사를 비틀고 있었다.

* * *

「지엘사의 쾌거! A-501 라디오 미국 수출 성공.」
「A-501 라디오. 1만 대 수출 계약하다.」
「지엘사의 전자 제품이 미국의 땅을 밟는다.」
「지엘사의 영광! 스카이 포레스트의 도움이 있기에 가능했다.」

점심시간이었다.

울산산업단지 현장에는 식사를 일찍 마치고 나온 작업자들이 옹기종기 모여서 신문을 보고 있었다.

예전이라면 식사를 마치고 오후 작업을 조금이라도 빨리 시작했겠지만 요즘은 식사 시간을 철저하게 준수했다.

식사 시간과 휴식 시간 등의 철저 준수를 차준후가 공사 현장에 요구했기 때문이다. 차준후의 영향력이 들어

변화의 바람 〈109〉

간 공사 현장에서는 근로자들에게 부당하게 작업 지시를 하지 않았다.

"스카이 포레스트에서 A-501 라디오에 들어가는 부품들을 적극 지원해 줬다고? 이야! 역시 차준후는 대인배야."

"국내 기업들의 발전에 아낌없는 도움을 주네. 사람이 정말로 마음이 넓어."

"스카이 뮤직하고 A-501 라디오는 서로 경쟁하는 제품이잖아. 그런데 해외 수출에 도움을 주다니? 이건 좀처럼 할 수 없는 일이야."

"차준후는 일반인인 우리와 생각하는 것 자체가 다른 사람이야."

신문에는 이번 지엘사의 미국 수출 성사에 대한 이야기가 자세하게 나와 있었다. 구준영이 기자들에게 상세하게 차준후의 은혜에 대해서 알렸기 때문이었다.

차준후에 대한 미담이 끊이지 않았다.

차준후 덕분에 인생이 활짝 핀 사람들이 대한민국에 셀 수 없이 많았고, 스카이 포레스트의 도움을 받아 비상하는 기업들도 지속적으로 늘어났다.

"내 사촌 형님의 아는 이웃 동생이 지엘사에서 일하고 있거든? 그런데 그 사람이 이번에 용산의 스카이 포레스트 해외 무역부에 가서 연수를 받고 있다고 하더라."

"머리에서 발끝까지 다 도와주는 셈이네."

"차준후가 한 번 손댔다 하면 제대로 하잖아."

"그렇기는 하지."

모두가 공감하는 이야기였다.

든든하게 밥 먹고 나와서 현장소장의 눈치를 보지 않고 편안하게 신문 보며 대화할 수 있는 건 얼마 전까지는 정말 상상조차 할 수 없는 모습이었다.

요즘 풍족한 보수와 좋은 작업 환경이 소문나면서 일하고 싶다고 공사 현장에 찾아오는 사람들이 잔뜩 늘어났다.

"그런데 저기는 아까부터 뭘 한다고 저렇게 난리냐?"

"모터를 바꾼다고 하더라."

"고장이라도 났어? 아침까지만 해도 크레인 잘 작동했잖아. 문제가 생겼나 보네."

"그게 아니라 더 좋은 모터로 바꾼다더라. 스카이 포레스트에서 이번에 새롭게 개발한 요상한 흙 들어갔다는 자석 있잖아."

"아, 희토류 자석 모터? 그것 때문에 요즘 난리라고 했잖아. 이름 좀 제대로 외워라."

"이름이 너무 이상하잖아."

"그렇기는 한데 스카이 포레스트 물건이잖아. 신경 써서 알아 둘 필요가 있지."

"아무튼 그 자석이 들어간 모터로 바꾼다고 했어. 그게 들어가면 크레인이 더 강하고 빠르게 움직인대."

변화의 바람 〈111〉

공사 현장에는 크레인들이 자리하고 있었다.

대규모 공사에서 크레인은 공기를 단축시켜 줄 수 있는 필수 장비였다. 크레인 운전기사는 공사 현장에서 가장 많은 보수를 받는 기술자 가운데 한 명이었다.

크레인 운전기사는 건설 현장에서 꽃으로 귀한 대우를 받는다.

대한민국의 공사 현장에는 미국의 크레인들을 비롯한 중장비들이 많이 수입되어 있었다. 미국에서 만들어진 크레인들이라고 하지만, 그 부품들이 모두 미국에서 만들어진 건 아니었다.

"미국 크레인인데, 여기에 야마모터가 들어가 있네."

"미국산 기계라고 해도 야마모터 들어간 게 많아. 이 회사 제품이 세계에서 알아주는 모터거든."

"그런데 왜 이번에는 다른 모터로 바꾸는 거야?"

"야마모터에는 우리가 자랑하는 스카이 포레스트의 희토류 자석이 안 들어가 있으니까."

크레인 주변에 기술자들과 근로자들이 모여서 떠들고 있었다.

기존 크레인에 달려 있던 모터에는 야마모터라는 붉은 글씨가 선명했다. 세계 모터 시장에서 야마모터가 차지하고 있는 비중이 상당히 높았다.

그런 야마모터의 시장 점유율이 빠르게 줄어들고 있었다.

같은 설계에 그저 희토류 자석만 바꿔 넣기만 해도 모터의 성능이 바뀌었다. 그런 희토류 자석 모터를 확보하지 못한 탓에 야마모터는 시장에서 밀려날 수밖에 없었다.

"모터를 바꿔서 크레인 성능이 높아졌습니다. 모터 성능이 좋아져서 더 무거운 걸 들 수 있지만 크레인 철골 구조가 버티지 못해요. 그러니까 모터의 성능을 모두 끌어내지 마세요."

기술자가 크레인 운전기사에게 당부했다.

"이야! 똑같은 모양인데 모터가 아주 좋아졌다니 믿기 어렵네요."

"사용해 보시면 바로 알 겁니다. 성능이 향상된 탓에 평상시처럼 운전해도 속도가 지나치게 빠르게 움직일 수도 있으니 주의하셔야 합니다."

"알겠습니다."

크레인 운전기사는 도무지 실감이 나지 않았다.

위이이잉! 위이잉잉!

크레인이 작동됐다.

슬링벨트에 견고하게 묶여 있는 200kg의 공사 자재가 하늘로 떠올랐다.

"속도가 빨라요. 천천히 움직이세요."

지켜보고 있던 기술자가 수신호를 하였다.

충분히 주의를 줬다고 생각했는데, 운전기사가 평소처

럼 크레인을 작동하고 있었다. 모터의 성능이 좋아졌기에 작업에 주의하지 않으면 사고가 발생할 수 있었다.

"어이쿠! 모터 하나만 바꿨을 뿐인데 힘이 엄청 좋아졌네."

크레인 운전기사 황급히 움직였다.

집중해서 크레인의 운행에 임했다. 그의 조작에 따라 크레인이 힘차고 민감하게 반응하였다. 평소랑 똑같은 무게의 자재를 들어 올리고 있는데 예전보다 훨씬 빨라졌다.

"최대 하중을 실험해 봅시다."

"크레인 작업 반경 내에 있지 말고 이동하세요."

기존에는 정격하중의 물건을 옮기는 데도 크레인이 힘겨워했다.

그런데 이제는 아니다. 크레인이 마치 스테로이드를 맞은 것처럼 마구 날뛰었다. 모터 성능을 제어하지 않으면 미친 듯이 움직이다가 쓰러질 정도로 강력했다.

너무 강해서 조심해야 했다.

"와아! 거뜬하게 움직이네요."

"크레인이 힘겨워하는 소리가 들리지 않아서 좋네요. 전에는 숨넘어가는 것처럼 헐떡거렸거든요."

"이제 현장 작업 속도가 더 빨라지겠네요."

크레인을 필두로 다양한 작업에 신속하게 인부를 투입

시키면 빠른 공사를 할 수 있었다. 안전하고 정확한 시공이 이뤄지는 데 있어 크레인은 큰 힘을 발휘한다.

"정말 끝내줍니다."

"다른 크레인들도 모터를 바꿉시다."

울산공업단지 크레인들이 모터가 새롭게 바뀌었다.

신속하고 정확하게 진행되면서 공사 현장의 작업 속도가 더욱 올라갔다. 크레인뿐만 아니라 불도저, 굴착기 등의 중장비들 모터도 하나둘씩 바뀌었다.

중장비들이 성능이 높아지면서 작업 속도가 빨라졌다.

"작업 인부들을 더 고용해야 합니다."

"이러면 기존 계획보다 조기 완공이 가능해요."

"공기 단축과 함께 건설 비용을 아낄 수 있겠어요."

"이 모든 게 바로 차준후 대표의 덕분입니다."

중장비들의 속도를 맞추기 위해서 공사장에 작업 인부들이 더 투입됐다.

희토류 자석이 불러온 변화가 대한민국 산업 현장 곳곳에 스며들었다. 대규모 토목 사업을 여럿 펼치고 있는 대한민국이었기에 효과가 엄청났다.

그 엄청난 공사 속도에 외국에서 들어온 기술자들이 혀를 내둘렀다.

"정말 엄청나네."

"이런 속도가 가능한 거였어?"

"저 희토류 자석이 들어간 모터는 정말로 대단하다."
"우리 기업도 저 모터로 바꾸어야겠다."

이제부터 공사 현장에는 희토류 자석 모터가 들어간 중장비들이 휩쓸 것이 분명했다. 성능 자체가 달라지기 때문에 당연한 결과였다.

1960년대 중장비들이 수십 년은 앞선 기술을 받아 강화된 형국이었다. 기존의 중장비들은 상대가 되지 않았다.

4차 산업 혁명을 촉발시켰다는 표현이 과언이 아니라는 듯 희토류 자석은 괴물적인 모습을 보여 줬다.

희토류 자석이 들어간 장비는 하나같이 엄청난 성능을 보였고, 이는 산업 시장 자체의 큰 변화를 불러일으켰다.

장비의 성능이 올라가니 시장도 더욱 활성화되며 커지고, 이는 신규 인력 채용으로 이어졌다.

이는 세계 경제를 발전시키는 매우 긍정적인 선순환이었다. 특히 미국과 유럽 등의 선진국에서 이 혜택을 톡톡히 보고 있었다.

모두가 발전하고 있는 이 상황 속에서 오로지 일본만이 배제되었다.

일본은 희토류 자석을 수입하고자 스카이 포레스트의 간절한 요청을 반복했지만, 스카이 포레스트에서 승인이 떨어지는 없었다.

* * *

일본 주식 시장이 난리였다.

고공행진을 거듭하고 있던 야마모터 기업의 주식이 큰 폭으로 떨어졌다. 해외 주문이 뚝 끊겼고, 기존의 계약들까지 파기됐다는 소식이 전해졌기 때문이었다.

문제가 발생한 건 야마모터뿐만이 아니었다.

여러 일본 기업에 투자했던 외국 자본이 썰물처럼 한꺼번에 빠져나갔고, 일본 기업과 협력을 맺고 있던 해외 기업들은 사업을 축소하고 아예 깨뜨렸다.

스카이 포레스트가 일본과 척을 지고 있다는 건 이미 알 만한 사람들은 다 알 만큼 널리 알려진 사실이었다.

그런 일본 기업들과 친밀한 관계를 유지했을 때 세계적으로 잘나가는 스카이 포레스트와의 관계에 안 좋은 영향을 끼칠 수도 있을뿐더러, 스카이 포레스트와 사이가 좋지 않은 일본 기업들의 미래가 어떨지 뻔히 그려지기 때문이었다.

심지어 일본 정권이 바뀌면서 저지른 무례한 행동에 대해 분명하게 대응하겠다고 스카이 포레스트에서 천명했다. 이 때문에 해외의 기업이나 투자가들은 몸을 사릴 수밖에 없었다.

이 시대 세계에서 가장 큰 영향력을 발휘하고 있는 기

업은 누가 뭐라고 해도 스카이 포레스트였다.

 따라 할 수 없는 원천 기술은 독점을 불러왔고, 이 독점은 엄청난 권력이나 마찬가지였다. 스카이 포레스트에게 밉보이면 새롭게 변화하고 있는 시장에서 탈락될 수도 있었다.

 그런 모습을 잘 보여 주고 있는 국가가 바로 일본이었다.

 주식은 미래 가치를 담고 있는 것!

 탄탄한 내수 시장을 바탕으로 초고속 성장을 하던 일본 경제에 급브레이크가 걸렸다.

 그리고 이 여파는 정치권에까지 미쳤다.

 "희토류 자석 개발은 어떻게 되고 있습니까?"

 시게마루 총리의 안색이 무척이나 창백해 보였다.

 탄탄한 일본 경제에 적신호가 켜졌다.

 고도 성장을 계속하면 미국에 이어 제2의 경제대국이 될 수 있다는 전망이 있었다. 그러나 이제 그런 장밋빛 전망이 무척이나 암울해졌다.

 "야마모터 기업에서 총력을 기울이고 있습니다."

 야마모터 기업에 천문학적인 개발 자금을 보태 줬고, 일본이 자랑하는 천재 학자 등 일본의 국가적인 역량이 집중되어 있었다.

 그리고 미국에서 산업 스파이 활동으로 획득한 자료들도 은밀하게 야마모터 기업에 전달됐다.

"내가 듣고 싶은 건 그런 입에 발린 말이 아닙니다. 성과가 있냐는 겁니다."

시게마루가 화를 냈다.

총력?

그놈의 이야기는 이제 신물이 났다.

저기 대한민국의 스카이 포레스트 대표는 홀로 희토류 자석을 개발해 냈다.

그런데 지금 일본은 국가적 역량을 집중하고 있는데도 불구하고 해내지 못하고 있었다.

이게 말이 되는 건가?

일본 총리인 시게마루는 도저히 이해가 가지 않았다.

"이제 막 개발을 시작했는데 시간을 주면 못 해낼 이유가 없지요. 조금 여유를 가지는 게 좋겠습니다."

"맞습니다."

여러 사람들이 총리를 진정시키려고 노력했다.

"경제산업성 장관! 대체 어떻게 희토류 자석 개발을 진행하고 있는 겁니까?"

"아직까지 스카이 포레스트와 미국 공군 재료 연구소가 만들어 낸 특허에서 벗어난 연구 결과를 만들어 내지 못했습니다. 희토류에 대한 개념도 아직 제대로 잡아내지 못한 상태라고 봐야 합니다."

새로이 경제산업성 장관 자리에 오른 인물이 솔직하게

현 상황을 설명했다.

희토류?

그게 무엇인지 알고 있는 건 학자들 중에서도 극히 극소수였다.

그동안 제대로 연구가 진행되지 않고 있던 분야에 많은 투자를 한다고 한들 갑자기 결과가 나올 수 있는 게 아니었다.

"시간이 지나면 성과가 나오지 않을까요?"

"개발이란 게 쉽게 되는 게 아닙니다."

"어느 누구는 뚝딱 세상에 내보이잖습니까?"

"그건 천재라 가능한 거고요."

"일본에도 천재는 많습니다."

"무늬만 천재와 진정한 천재는 차이가 있는 법이죠."

천재에도 급이 있다. 그 천재들 가운데 가장 높은 위치에 있는 극소수의 사람들 가운데 한 명이 바로 차준후였다.

그건 누구도 부정하지 못한다. 학자 출신인 경제산업성 장관은 차준후의 대단함을 시게마루 내각에서 가장 인정하고 있는 사람이었다.

이건 학문적이면서 경제적인 사안이었고, 정치인들이 정치적으로 접근할 수 있는 게 절대 아니었다. 잘 진행될 수 있었던 스카이 포레스트의 협력이 일본 정치인들의 간섭으로 크게 헝클어졌다.

"개발이 가능하기는 합니까?"

"어렵습니다. 된다고 해도 많은 세월이 필요해 보입니다."

개발의 실마리가 도무지 보이지 않는다는 것에 절망하고 있는 경제산업성 장관이었다.

지금만 해도 충격이 큰데, 뒤늦은 희토류 자석 개발은 일본 경제에 엄청난 손실이었다.

일본은 조금 더 참고 스카이 포레스트와 기술 협력을 했어야만 했다. 전 정권에서 자존심을 굽혀 가면서 스카이 포레스트와 친하게 지내려 한 이유가 있었던 거다.

그걸 굴욕적인 처사라며 강력하게 비난해 가면서 정권을 차지했는데…….

엄청난 실수였다.

"지금이라도 스카이 포레스트와 다시 협상 창구를 열어야만 합니다. 독자적으로 희토류 자석을 개발하기란 어렵습니다."

"저쪽에서 협상 창구를 다시 열어 줄까요?"

여러 사람들이 시게마루 총리를 바라보았다.

전 정권의 유화적 정책을 송두리째 뒤집어엎은 시게마루였다. 그로 인해 스카이 포레스트는 일본의 선행적인 정책 실행이 없으면 협상은 불가하다고 못 박았다.

이제는 전처럼 단순히 저자세를 보인다고 해서 될 일이 아니었다. 바닥에 납작 엎드리고 나서야 협상 테이블에

앉을 수가 있어 보였다.

"……."

시게마루의 얼굴이 창백해졌다.

우익 세력을 대표하고 있는 정치인으로 스카이 포레스트와 절대 협상이 없다고 공언까지 했다. 그래서 국민들의 지지를 받았다.

일본이 국가적 치욕을 씻으려고 했는데 오히려 더욱 비참해지고 말았다.

스카이 포레스트와의 협상은 그의 정치 인생을 끝장내는 것이었다. 그런데 아무리 봐도 흐름이 협상을 할 수밖에 없게 흘러가고 있었다.

시게마루가 일본 정치 역사에 최단기 총리로 등극될 것만 같았다.

쫓겨나거나 자진해서 내려가거나, 어느 쪽이든 시간문제일 뿐이다.

최단기이면서 최악의 총리로 기록될 게 분명했다.

"망했네."

시게마루 일본 총리는 시시각각 나빠지고 있는 상황을 잘 파악하고 있었다.

이 말을 들은 다른 사람들이 아무 말도 하지 못했다.

같은 심정이었다.

새로운 바람

 일본에 난리가 벌어졌지만 대한민국은 잘 돌아갔다.
 차준후는 일본의 상황에 딱히 관심을 두지 않았다.
 할 수 있는 조치는 모두 취했고, 이젠 앞으로 일본이 어떻게 나오는지에 따라 대응할 문제였다.
 그리고 그때 대한민국이 조금이라도 더 우위를 점하기 위해서는 대한민국의 국력을 더 끌어올릴 필요가 있었다. 국제 관계에서는 국력이 많은 걸 좌지우지하니까.
 그렇게 차준후가 국력 성장을 위해 고민하고 있을 때 지엘사에서 드디어 국산 카세트 플레이어가 출시됐다.
 상품명은 'A-501 아하'였다.
 스카이 포레스트의 부품이 되었음에도 저렴한 가격으로 출시된 A-501 아하는 출시되자마자 폭발적인 인기를 끌었다.

국내 기업의 발전을 반기는 차준후는 매우 흡족해했다.

그러나 그건 차준후가 특이한 것일 뿐, 일반적으로 경쟁사의 호재를 반길 기업은 없었다. 지엘사의 비상은 성삼의 신경을 거슬리게 만들었다.

따르릉! 따르릉!

차준후가 전화를 받았다.

"전화 받았습니다. 차준후입니다."

- 그간 격조했습니다. 이철병입니다. 얼굴이라도 봐야 하지 않겠습니까?

용건이 있다는 소리였다.

"하실 말이라도 있으십니까?"

차준후가 물었다.

성삼과 대현 회장님들의 만남 요청은 솔직히 불편했다. 만약 조금 낮은 위치였다면 꼼짝없이 불려 가거나 만났겠지만 그럴 이유가 없었다.

오히려 눈치를 봐야 하는 쪽은 두 회장님들이었다.

- 지엘사에서 카세트 플레이어를 출시하였더군요.

"네. 이번 A-501 아하는 아주 만족스럽습니다."

차준후는 즐거웠다.

국내 기업이 자발적으로 성장한 아주 좋은 모습이었다. 불편해하지 않고 기뻐하는 모습이 역력했다.

그는 일찍이 국내 기업의 성장을 꾀하고 있었고, 더욱 밀어줄 준비가 되어 있었다.

 - 역시 이번 지엘사의 A-501 아하 출시에는 차준후 대표의 지원이 있었던 거군요.

 이철병은 너무 아쉬웠다.

 스카이 포레스트와 친밀하게 지내는 걸 따지면 지엘사보다 성삼이 먼저였다. 차준후와 밥을 함께 먹은 적도 구준영보다 그가 훨씬 많았다.

 그런데 왜 카세트 플레이어 사업이 지엘사에 갔어야 하나?

 그것이 너무나도 아쉬운 이철병이었다.

 "제가 적극적으로 지원해 준 건 없습니다. 지엘사에서 부품 공급을 요청해 왔고, 그걸 받아 줬을 뿐입니다."

 차준후가 이철병의 오해를 바로잡아 줬다.

 거래였을 뿐이다. 스카이 포레스트의 특허는 해외의 다른 기업들도 이용하고 있었다. 지엘사가 빨리 A-501 아하를 출시할 수 있도록 약간의 편의를 봐준 건 맞기는 했지만.

 - 그럼 성삼도 부품 거래를 할 수 있는 겁니까?

 이철병의 목소리가 살짝 높아졌다.

 사실 그는 전자 제품 출시가 아직 시기상조라고 봤고, 무엇보다 차준후가 반대할 거라고 생각했다.

오판이었다.

그러면서 지엘사의 성장을 보면서 자신의 판단이 잘못 됐다고 절실히 느꼈다. 아니라는 걸 알면 빠르게 처신하는 게 그의 장점이었다.

"가능합니다."

차준후가 말했다. 지엘사만 독점으로 밀어주고 싶은 생각은 없었다.

경쟁이란 나쁜 게 아니다.

그리고 원 역사에서 국내 카세트 플레이어 시장의 삼대장 가운데 하나였던 성삼이다. 그런 성삼이 카세트 플레이어를 만들겠다는데 반대할 이유가 없었다.

- 성삼도 카세트 플레이어를 만들겠습니다.

"잘해 보세요."

차준후는 성삼의 성장을 기대했다.

역사보다 빠른 전자 제품 시장 진출이었다. 이 변화가 어떤 결과를 불러올지 무척 궁금했다.

아무리 시장 상황이 좋다 하더라도 그 시장에 진출한 기업이 모두 잘될 거라고 기대하긴 어려웠다.

지엘사와 성삼이 경쟁을 시작하면 어느 한쪽은 안 좋은 결과가 나올지도 몰랐다.

'그건 어쩔 수 없는 일이지.'

차준후는 두 기업의 경쟁에 일절 관여하지 않을 생각이

었다. 설령 한 기업이 망한다 할지라도.

물론 대한민국의 경제가 빠르게 고공 성장을 하고, 전자 제품 시장이 눈에 띌 정도로 확장되고 있기에 큰 우려가 되진 않았다.

미래를 내다보는 안목과 판단력이 좋은 이철병은 이걸 바로 알아차렸다.

카세트 플레이어는 제조에 있어 어려운 기술을 요하지 않았다. 다만 제조에 사용되는 부품에 따라 그 성능이 천차만별로 나뉘었다.

그렇기에 최고의 부품을 보유한 스카이 포레스트의 허락이 가장 중요했다.

- 고맙습니다.

이철병의 목소리에는 진심이 담겨 있었다.

사실 그동안 스카이 포레스트와 협력을 하면서 약간 홀대받는 느낌을 받아 왔다. 그런데 이번에는 아주 시원한 승낙을 받았다.

"성삼이라면 잘 해낼 수 있을 거라 봅니다."

- 바로 공급 계약을 맺읍시다.

생산 인프라는 이미 보유하고 있는 성삼이었다.

성삼그룹은 스카이 포레스트의 낙농산업과 협력하면서 일찌감치 성삼전기를 설립했다. 덴마크에서 들여온 냉장 시설과 부품들을 조립하면서 적잖은 기술력을 보유하고 있었다.

성삼전기에서 빠르게 라디오와 카세트 플레이어를 만드는 게 가능했다.

"실무진들에게 이야기를 해 두겠습니다."

- 직접 계약하지 않고요? 계약하면서 식사라도 하시지요?

계약을 하면서 차준후를 만나려는 이철병이다. 친목을 더욱 돈독하게 다지고 싶었다.

"제가 당장 시간을 내기 어려워서요."

차준후가 식사 자리를 외면했다.

크게 특별한 이유가 있는 건 아니었다. 그냥 이철병과의 식사 자리가 불편했다.

그와 달리 할 이야기도, 하고 싶은 이야기도 없었다.

만나 봤자 그의 부탁만 더 듣게 될 뿐, 차준후에게 좋을 게 없는 자리였다.

- 아쉽습니다.

"혹시 카세트 플레이어를 생산하시게 되면 제품명은 어떻게 하실 생각이십니까? 미리 생각해 둔 바가 있으십니까?"

- 음. 마이성삼이 어떨까 합니다.

이철병이 말했다.

계획을 철저하게 하는 그답게 이미 카세트 플레이어 이

름까지 정해 둔 상태였다.

역시.

지엘도 역사대로의 상호명을 사용하더니, 성삼도 자사에서 출시된 상호를 그대로 가져왔다.

시대가 변했지만 똑같이 작용하는 것들이 많았다.

"어울리는 이름이네요."

- 차준후 대표가 그리 말해 주니 힘이 납니다.

상호명에 성삼을 집어넣은 건 해외에 기업을 제대로 홍보하기 위함이었다.

지엘사가 해외 수출을 해냈다면 성삼도 가능했다.

지엘사보다 몇 배로 큰 기업이 바로 성삼이었다. 얼마 전까지 재계 서열 1위였다.

지금은 2위를 두고 대현과 다투고 있지만 말이다.

기술력과 인프라는 모두 갖추고 있으니 생산은 금방이었다. 이제 해외 바이어들을 만나 수출 계약을 맺기만 하면 된다.

- 지엘사처럼 저희 회사도 스카이 포레스트에 직원들을 보내도 되겠습니까? 해외 수출에 있어 도움을 받았으면 합니다.

"그러세요."

이번에도 흔쾌히 승낙하는 차준후였다. 어렵지 않은 일이었다.

- 감사합니다. 실무진들과 함께 바로 달려가겠습니다.
많이 들뜬 목소리의 이철병이었다.
뜻하지 않게 기회를 잡았다.
전자 제품 해외 수출이라니. 지엘사 때문에 배가 아팠는데, 이건 오히려 전화위복이었다.
비록 지엘사가 먼저 시장을 선점했지만 성삼의 저력을 발휘하면 충분히 따라잡는 게 가능했다.
차준후가 전화기를 내려놓았다.
"음! 이러다가 또 다른 곳에서도 전화가 올 수 있겠는데……."
카세트 플레이어는 국내 삼대장이 있었다.
지엘, 성삼, 그리고 우대.
우대에서도 전화가 올까?
삐이익!
인터폰이 울렸다.
실비아 디온 비서설장의 전용 회선이었다.
"말씀하세요, 실비아 비서실장님."
- 대표님. 남아전자라는 곳에서 카세트 플레이어를 만들고 싶다는 연락이 왔어요.
"남아전자요?"
- 최근 설립된 기업이에요.
"그렇군요."

차준후가 놀랐다.

우대에서 연락이 올 줄 알았더니 남아전자라는 예상치 못한 곳에서 연락이 왔다.

남아전자는 한국자전거공업이라는 회사가 일본의 마쓰시 전기산업과 합작하여 세운 외국인 투자 기업으로, 국내 최초로 컬러텔레비전을 생산, 수출하는 기업이기도 했다.

문제는 이 회사는 원 역사에선 1970년대에 설립되는 회사로, 원래 이 당시엔 없었어야 하는 회사라는 점이었다.

- 신판정 기술고문님의 소개를 받고 연락을 했다고 하네요.

실비아 디온이 이야기했다.

차준후에 대한 불필요한 접근을 차단하거나 축소하는 게 그녀의 주된 업무 가운데 하나였다.

평소라면 남아전자의 전화는 그냥 무시되었을지도 모른다.

그러나 남아전자의 모회사인 한국자전거공업의 대표 김수향은 자연스레 사업 분야가 겹치는 칠천리자전거의 대표인 신판정과 자주 교류를 가졌다.

신판정이 차준후의 도움을 받으며 칠천리자전거가 상대적으로 위치가 높아졌지만, 신판정은 변함없이 김수향과 끈끈한 관계를 이어 오고 있었다.

김수향은 변함없는 신판정에게 고마워하는 한편, 그의 성공을 크게 부러워했다.

그러다 이번 카세트 플레이어의 관심을 갖게 되었고, 차준후와 연이 깊은 신판정의 도움으로 연락을 취하게 된 것이었다.

"연결해 주세요. 신판정 기술고문님의 소개라면 믿을 수 있지요."

차준후는 학자적인 김수향에 대해 조금 알고 있었다.

국내 반도체 산업의 개척자!

국내 전자 산업의 신기원을 연 장본인이었다.

그리고 성삼의 이철병에게 반도체 산업을 권유한, 성삼이 반도체 시장에서 세계 1위를 이룩할 수 있도록 도운 조언자이기도 했다.

반도체 산업의 일등공신이라고 해도 절대 과언이 아니었다.

따르르릉! 따르르릉!

전화기가 울렸다.

차준후가 곧바로 수화기를 들었다.

"전화 받았습니다. 차준후입니다."

- 안녕하십니까. 한국자전거공업을 운영하고 있는 김수향입니다. 다름이 아니라 이번에 카세트 플레이어를 만들어 보려고 연락을 드렸습니다.

들려오는 김수향의 목소리가 떨렸다.

사실 그도 그럴 것이 일개 자전거를 만드는 회사를 운용하고 있을 뿐이었다. 그런 그가 스카이 포레스트의 차준후에게 전화를 하다니, 이건 있을 수가 없는 일이었다.

말도 안 된다면서 가족과 친지들이 말렸었다.

그러나 어렵게 신판정에게 소개를 부탁하였다. 신판정은 흔쾌히 받아 줬고, 그 결과 이 전화 통화가 성사되었다.

절친을 이용한 것 같아서 무척이나 마음이 불편했지만 김수향은 이번 카세트 플레이어 사업을 꼭 해 보고 싶었다.

그러나 이런 마음이 차준후에게 불편하고 괘씸하게 보일 수도 있다는 걱정도 있었다.

"신판정 기술고문님과 친하시다고요? 그분의 소개라면 믿을 수 있지요. 잘 연락 주셨습니다."

차준후의 목소리가 다정했다.

국내 반도체 산업의 개척자로 불리는 분을 가볍게 대할 수 없었다. 이분 덕분에 대한민국 경제가 얼마나 큰 도움을 받았는가.

- 아! 감사합니다. 판정이…… 아니, 신판정 기술고문과 절친이기는 하지만 그래도 사업적인 부분이라 조심스럽습니다.

"신판정 기술고문님과 이야기가 통할 정도면 대단한 기술력을 가지고 있다고 봐도 되겠지요. 카세트 플레이어를 만들어 보고 싶으시다는 말씀이시죠."

- 그렇습니다. 준비해야 할 게 많지만 해 보고 싶습니다.

남아전자는 부족한 게 많았다.

이제 막 회사만 설립해 둔 터라 공장도 없고, 숙련된 기술자들도 없었다.

소위 맨땅에 부딪쳐야만 하는 실정이었다.

어떻게 보면 사기꾼이라는 소리를 들을지도 몰랐다.

"전화로 이야기하지 말고 오시죠. 만나서 아이스커피를 마시며 이야기를 나누고 싶습니다."

차준후가 김수향을 초대했다.

김수향은 차준후를 만나게 될지 상상도 하지 못했다. 전화 통화만 성사된다고 해도 다행이라고 여겼었다.

이건 절호의 기회였다.

차준후의 대표실을 방문한다는 건 사업하는 사람이라면 누구나 꿈꾸는 일이었다. 방금 전 성삼의 이철병도 그토록 만나기를 고대했는데도 외면받았다.

- 바로 달려가겠습니다.

김수향의 기뻐하는 감정이 전화기를 타고 그대로 느껴졌다.

남아전자를 창업한 김수향에게 새로운 기회가 열렸다.

대한민국 경제에 새로운 바람이 불고 있었다.

* * *

카세트 플레이어들이 시간을 두고 연달아서 출시됐다.
지엘, 성삼전기, 남아전자.
미국 수출이 성사된 이 세 기업은 카세트 플레이어 삼대장이라고 불렸다.
모든 사업이 순풍에 돛 단 것처럼 잘 흘러간 것은 아니다.
남아전자는 사기꾼들에게 걸려 큰 손해를 볼 뻔했다.
무역 회사를 가장한 사기꾼들이 신용장을 위조하여 남아전자를 속이고 카세트 플레이어를 납품받은 것이었다.
그러나 스카이 포레스트 미국 법인의 직원이 남아전자의 수출 업무를 도와주는 과정에서 이 사실이 발각됐고, 사기꾼들은 카세트 플레이어를 팔아넘기지 못한 채 그냥 도망쳐 버렸다.
하마터면 남아전자는 꽃도 피워 보지 못한 채 역사 속으로 사라졌을지도 몰랐다.
- 정말 감사합니다. 대표님이 신경을 써 주신 덕분에 살아남았습니다.
김수향은 정말 죽었다 살아난 심정이었다. 생각만 해도 심장이 두근거렸다.
"아닙니다. 다 직원이 잘 처리한 거죠."
차준후는 상세한 업무 지시는 내리지 않았다. 신용장이

위조된 것임을 알아차리고 대처한 것은 오로지 담당 직원의 공로였다.

스카이 포레스트와 직접적으로는 아무 연관도 없는 업무였지만, 어쨌든 그 능력과 열정은 높게 평했기에 차준후는 해당 사건을 해결한 이다일 팀장에게 승진과 성과급을 약속했다.

- 제가 미국으로 찾아가서 해당 직원분에게 꼭 감사 인사를 드리겠습니다.

김수향은 미국으로 직접 날아와 감사를 표하고자 했다.

그리고 인사도 인사지만, 카세트 플레이어를 어찌할지도 고민이 필요한 상황이었다.

수출 계약을 맺었던 무역 회사가 사기꾼이었던 탓에 남아전자의 카세트 플레이어 요요요는 팔 곳도 없는 미국에 덩그러니 놓인 셈이었다.

미국 전역을 돌아서라도 팔 곳을 찾든, 다시 대한민국으로 가져오든 해야만 했다.

"안 그래도 이다일 팀장이 요요요 판매처를 알아봐 뒀다고 하니 한번 만나서 이야기를 나눠 보셔야 할 거 같습니다."

- 헉! 너무 많이 도와주시네요. 감사할 따름입니다.

"돕고 자시고 할 일도 없었다더군요. 이번 사건이 미국 언론에 보도되면서 홍보가 되어서 여러 바이어들이 먼저 찾아왔다고 들었습니다."

남아전자의 카세트 플레이어에 스카이 포레스트에서 생산한 부품이 들어갔다는 사실 하나만으로 미국 시민들은 남아전자의 카세트 플레이어를 주목했다.

그리고 예상치 못한 사기 사건으로 언론까지 타게 되며, 자연스럽게 홍보가 되어 버렸다.

그 결과, 판로를 걱정할 필요 없이 서로 구매하겠다고 줄을 섰다.

- 미국에 판매 회사를 직접 차려 볼까 합니다.

김수향은 이번 사기 사건의 위기를 기회로 삼으려고 했다.

미국 현지에 판매 회사를 만드는 건 상품을 처리하는 것에 도움이 됐고, 사기와 같은 문제를 원천봉쇄할 수 있었다.

또한 무역 회사를 통한 판매 방식에 비해 훨씬 많은 이익을 올리는 게 가능했다.

다만 판매가 신통치 않으면 투자를 한 만큼 큰 손실을 볼 수도 있었다.

"잘 생각하셨습니다. 혹시나 어려운 점이 있으면 스카이 포레스트 미국 법인에 도움을 요청하십시오. 관련해서는 제가 미리 이야기를 해 두겠습니다."

차준후는 이번에도 적극적인 협력을 약속했다.

물 들어올 때 노 젓는다!

스카이 뮤직이 가장 많이 팔리는 국가는 미국이었다.

스카이 포레스트의 물건이 없어서 못 파는 지금 시점에 남아전자가 미국 현지에 판매 회사를 세우는 건 아주 좋은 선택이었다.

차준후는 기왕이면 스카이 포레스트가 채우지 못하는 빈자리를 대한민국의 기업이 채우길 바랐다.

김수향은 미국으로 직접 날아가서 남아전자 미국 유한 회사를 설립했다.

갑작스러운 사고에 발 빠르게 대처한 셈이다.

그리고 이다일 팀장이 연결시켜 준 바이어들을 통해 카세트 플레이어를 직접 판매하기 시작했고, 원래 무역 회사를 통해 판매하였을 때 얻을 수 있는 것도 훨씬 큰 마진을 남길 수 있었다.

남아전자는 미국 판매 회사의 성공을 바탕으로 더 큰 성장을 이룰 수 있는 발판을 마련했다.

이 과정을 목격한 지엘사와 성삼전기는 똑같이 미국에 판매 회사를 설립했다.

- 여기 대한민국 세 회사의 카세트 플레이어는 가격이 저렴하면서도 품질이 좋다.
- 디자인이 조금 부족하기는 하지만 스카이 포레스트가 만든 부품을 써서 성능이 괜찮아. 마치 스카이 포레스

트 제품 같다.

- 스카이 뮤직은 너무 비싸. 여기 세품들이 가격 대비 성능이 훌륭한 편이라고.
- 같은 돈이면 이 대한민국 카세트 플레이어를 사는 게 좋은 선택이야.

대한민국 카세트 플레이어 삼대장의 미국 시장 점유율은 계속해서 늘어났다. 이 회사들은 미국에서 자신들의 위치를 확고하게 잡아 갔다.

그러면서 스카이 포레스트처럼 카세트 플레이어의 종류를 점차 늘려 나갔다. 스카이 포레스트를 따라 하면 좋은 결과를 볼 수 있을 거라고 철석같이 믿었다.

그리고 그 믿음은 배신당하지 않았다.

미국에서 판매되는 카세트 플레이어를 바탕으로 이 삼대장 기업은 생산 규모를 점차 키웠고, 직원들을 신규 고용하였다.

스카이 포레스트가 만들어 낸 대유행의 흐름에 일찍이 탑승하여 커다란 이익을 창출해 냈다.

이들 기업의 대성공은 역사보다 빨랐다.

새로운 바람이 만들어 낸 변화가 대한민국을 역동적으로 꿈틀거리게 만들었다.

* * *

스카이 포레스트 대표실.

이곳에 성삼그룹의 부회장인 조재홍이 방문했다.

성삼그룹의 일을 처리하면서 몇 번 만난 적이 있기는 하지만 이렇게 차준후와 단둘이서 만나는 건 처음이었다.

"어서 오세요."

"오랜만에 뵙습니다."

"아이스커피 한잔하시겠습니까?"

"하하하! 그렇지 않아도 목이 말랐는데 잘 됐습니다."

조재홍이 웃고 있었다.

그러나 그의 요즘 상황은 좋은 편이 아니었다. 성삼그룹에서 쫓겨났기 때문이었다.

이제 더 이상 그는 성삼그룹의 부회장이 아니었다.

성삼그룹의 성장에 지대한 영향을 끼친 조재홍은 그에 대한 적절한 가치를 인정받지 못하고 이철병과 갈라섰다.

성삼그룹에서는 이를 아름다운 이별이라고 하였다. 이철병과 조재홍이 웃으면서 갈라섰다고 포장하였고, 많은 언론사가 이를 그대로 받아 적어 보도했다.

그러나 이철병이 욕심을 부렸다는 폭로도 있었다. 업계에서는 이에 대해 많은 설왕설래가 이어졌다.

하지만 조재홍은 별다른 불평 없이 새로운 사업을 준비

하고 있었다.

"새로운 회사를 창업하신다고요?"

"네. 샛별이라고 지었습니다."

"샛별이라? 이름이 좋네요."

차준후가 샛별이라는 이름을 곰곰이 곱씹어 봤다.

"많이 고민해서 지었습니다."

사람 좋게 웃는 조재홍이었다.

새벽의 별, 또는 새로 난 별이라는 의미는 여러 의미를 내포하고 있는 듯 보였다. 그 진정한 의미는 웃고 있는 조재홍만이 알고 있겠지만 말이다.

성삼그룹에 많은 공을 했는데도 제대로 평가받지 못하고 쫓겨났으니 토사구팽이나 마찬가지였다.

조재홍이 성삼을 향한 어떤 감정을 품는다고 해도 이상한 일이 아니었다.

"이름을 들어 보니 앞으로 미래에 잘나가는 기업이 될 것 같습니다."

샛별은 미래에 대기업으로 우뚝 선다.

비록 성삼그룹을 넘어설 정도로 크지는 못하지만 조재홍은 대단한 역량을 발휘하여 샛별을 크게 성장시킨다.

"대표님의 좋은 말씀을 들으니 힘이 나네요. 샛별을 기필코 대기업으로 만들어 보겠습니다."

"조재홍 부회장님, 아니 이제는 대표님이라고 불러야

겠군요."

"이제 막 창업했을 뿐입니다. 편하게 불러 주시면 됩니다."

"그럴 수는 없죠. 앞으로 크게 되실 분이니까요. 샛별의 주력 사업은 무엇입니까?"

차준후는 조재홍을 존중했다.

그러나 조재홍은 자신과 차준후와의 엄청난 차이를 실감하고 있었다. 그렇기에 결코 편안하게 있을 수만은 없었다.

"섬유 분야입니다. 우선 나일론 원사를 생산하는 걸 시작으로 특수 섬유 쪽으로 발전을 생각하고 있습니다."

조재홍이 속내를 밝혔다.

나일론 원사를 시작으로 스판덱스와 라이쿠라, 케불라까지 생각하고 있었다. 특수 섬유 시장의 밝은 미래를 내다보고 일찌감치 진입할 작정이었다.

조재홍에게는 이철병 못지않은 미래 전망을 내다보는 안목이 있었다.

그러나 미래 전망을 분석했을 때 제아무리 가치가 높다고 한들 거기에 누구나 다 투자를 할 수 있는 건 아니었다.

대한민국에서 특수 섬유 사업을 하기 위해서는 차준후의 도움이 반드시 필요했다.

"특수 섬유까지 생각하고 있다니 대단하네요."

차준후가 순수하게 감탄했다.

생각이 있다고 해도 지금 이 순간 특수 섬유에서 신출을 결심하는 건 쉽지 않았다. 그도 미래에서 보고 왔기에 특수 섬유를 선점한 거지, 아무것도 모른 상태에서는 조재홍처럼 판단을 내리지 못할 것 같았다.

"대단한 건 아닙니다. 눈앞에서 차준후 대표님이 투자해서 보여 준 게 있으니까요. 전 그저 대표님이 보여 준 길을 따라서 걸어가려고 하는 겁니다."

조재홍은 자신을 낮췄다. 단순히 겸손이 아니라 진짜 그렇게 생각하였다.

"특수 섬유 생산에 대한 도움을 달라는 말씀이시죠?"

"송구하지만 그렇습니다."

조재홍은 스스로 생각해도 염치가 없었다.

특수 섬유는 듀퐁 기업과 협력하고 있는 스카이 포레스트도 이제 막 새롭게 시장을 만들어 가고 있을 뿐이었다. 이제 막 수익을 내려고 하는데 도움을 바라다니…….

이건 어떻게 보면 뺨을 맞아도 할 말이 없는 제안이었다.

'지금 시대 특수 섬유에 대한 진출도 괜찮겠는데…….'

차준후의 잠시 고민해 봤다.

샛별은 아니지만 미래에 국내의 한 화학섬유 기업이 듀퐁과 특허 전쟁을 벌인다.

특수 섬유인 케불라 소송을 두고 무려 1조 원이라는 천문학적인 배상액이 미국 연방법원에서 판결된다. 이는 대한민국 화학섬유 사업에 큰 파장을 만들어 낸다.

'미래에 듀퐁과 일본의 회사가 무려 점유율 80%를 차지한다. 내 등장으로 이제 그럴 일은 없겠지만, 샛별의 빠른 참여라? 나쁘지 않아.'

차준후는 듀퐁이 국내 화학섬유 기업들을 대상으로 펼친 소송전에 탐탁지 않은 입장이었다. 국내 기업들의 손해는 결국 대한민국에 있어 나쁜 일이었다.

이제 이 소송이 발생한다고 해도 대한민국 기업이 아니라 타국의 기업으로 향하게 될 가능성이 높아졌다. 국내 기업들은 스카이 포레스트의 그늘 아래에서 든든한 보호를 받을 테니까.

이왕이면 듀퐁의 날카로운 칼날이 일본의 화학섬유 기업으로 향하면 좋아 보였다. 특수 섬유에 대한 일본의 특허 침해가 보이면 곧바로 듀퐁에게 알리려는 차준후였다.

'지금 도움의 손길을 내밀지 않으면 샛별의 특수 섬유 개발에는 많은 우여곡절이 발생할 거다.'

앞으로 미래가 어떻게 될지 모르겠지만 일찌감치 샛별의 우산이 되어 주는 것은 대한민국의 성장에 있어 바람직한 일로 보였다.

이제 케불라의 원천 특허는 듀퐁만의 것이 아니라 차준

후의 몫도 포함이 되어 있었다. 차준후의 도움으로 듀퐁과 협의를 하면 샛별이 탄탄대로를 나아갈 수도 있었다.

'무엇보다 사람 됨됨이가 좋아.'

위치가 있다 보니 차준후는 많은 걸 보고 듣고 있었다. 그의 귀에는 알려지지 않은 많은 것들이 보고됐다.

기꺼이 손해를 볼 줄 아는 사람이 바로 조재홍이었다.

이철병에게 많은 손해를 입으면서도 군사정부 초기 어렵고 힘든 성삼그룹을 지키기 위해 노력한 사람이었다. 어려울 때일수록 잘하는 사람이 진짜 좋은 성격이었다.

"샛별의 독자적인 기술로 특수 섬유를 한번 개발해 봅시다. 제가 이 부분에 있어서 듀퐁과 따로 자리를 마련해 보겠습니다."

차준후가 웃고 있었다.

의류업에 뛰어들면서 뜻하지 않게 케블라와 라이쿠라를 만들게 됐다.

사실 이 업종들은 그의 주된 관심사가 아니었다. 집중적으로 들여다보고 투자할 수 있는 샛별의 등장은 차준후에게 있어서 절대 나쁜 일이 아니었다.

더 효율적이고 미래에 잘나갈 수 있는 국내 기업을 밀어주는 건 차준후가 오히려 바라는 바였다.

조재홍은 솔직히 혼란스러웠다.

차준후의 행보를 지켜봐 왔고, 이번 카세트 플레이어

삼대장 기업들을 보면서 느낀 것이 있었다.

'이런 사람도 있구나. 대한민국 경제에 도움이 된다면 기꺼이 손해를 보는 이상한 사업가!'

조재홍도 대국적인 면을 봤다.

그렇기에 이철병과 지분을 두고 지저분하게 싸우지 않고 깔끔하게 물러섰다. 성삼그룹의 내분과 법정 다툼은 대한민국에 있어 큰 손해였다.

그러나 지금 차준후의 선택은 조재홍이 잃어버린 것보다 훨씬 컸다.

성삼그룹의 가치가 대한민국에서 크다고 하지만 스카이 포레스트에 비하면 새 발의 피였다. 지금 조재홍이 달라고 하는 특수 섬유의 가치는 성삼그룹의 지금 시장가보다 훨씬 높았다.

성삼그룹이 카세트 플레이어를 미국에 수출해서 환호를 지르고 있지만 케불라 특수 섬유에 비해서는 아무것도 아니었다.

케불라는 만들기만 하면 황금보다 높은 가치를 가질 수도 있었다. 그만큼 대단한 특수 섬유였다.

이런 특수 섬유의 독점을 아주 가볍고 시원하게 포기한다는 차준후였다. 이는 손에 꾹 움켜잡고 있는 황금을 조재홍에게 건네주는 것과 똑같았다.

심지어 특수 섬유 시장은 앞으로 더욱더 커질 것이었

다. 앞으로 빠르게 성장할 게 뻔히 보였다.

그런 미래의 이익을 스카이 포레스트는 샛별과 함께 나누겠다고 하고 있었다.

미친 거 아냐?

사업이 장난이야?

샛별과 조재홍에게 너무 좋은 상황이었다.

이건 차준후가 억지로 조재홍의 입을 벌리고 많은 이익을 떠먹여 주는 것이나 다름없었다.

울컥한 표정 그대로 굳어 버린 조재홍이다.

오랜 세월 심혈을 기울여 키운, 자식처럼 여긴 성삼그룹에서도 쫓겨났다. 친형님처럼 따른 이철병에게 배신당한 그였다.

그런데 몇 번 보지 않은 차준후에게 많은 걸 받을 수 있게 됐다.

정작 믿었던 사람에게는 배신당하고, 잘 모르던 차준후에게는 밑도 끝도 없는 신뢰를 받고 있었다.

"믿고 도와드리는 만큼 꼭 잘 해내시길 바라겠습니다."

차준후가 웃었다.

조재홍이 대한민국 경제의 듬직한 기둥이 된다는 걸 잘 알았다. 어렵고 힘든 시기 경제를 부흥시켜 주는 사업가이기에 아낌없이 밀어줄 수 있었다.

스카이 포레스트에서도 계속해서 특수 섬유의 연구 개

발을 이어 나가겠지만, 지금의 스카이 포레스트는 차준후의 미래 지식에 의존하여 사업을 진행하고 있을 뿐이었다.

그러나 차준후의 미래 지식에는 한계가 존재했다. 언젠가는 섬유 분야를 주력 사업으로 매진하고 있는 듀퐁사와 같은 기업들에게 밀릴 수밖에 없는 게 현실이었다.

이건 미래 지식을 곶감 빼먹듯 하나하나 사용하고 있는 차준후의 고민이기도 했다. 세월이 흘러 활용할 수 있는 적당한 미래 지식이 없으면 곤경에 처할 수도 있었다.

부족함이 많기에 대비해야만 했다.

그리고 차준후가 잘나간다고 해도 대한민국을 홀로 떠받든다고 하는 건 오만이었다. 대한민국의 중심을 든든하게 받친다고 해도 주변에서 도와줄 사람이나 기업이 필요했다.

그리고 그 도움을 줄 사람 가운데 한 명이 바로 조재홍이었다.

"……믿음에 보답하겠습니다."

가슴이 먹먹해진 조재홍의 목소리가 흔들렸다.

아주 소중하고 귀한 대우를 받아서 다른 말도 하고 싶었지만 어찌할 바를 몰랐다.

그의 눈에 비친 차준후의 모습이 크게만 보였다.

대인이었다. 사람을 포용할 줄 알았다. 차준후는 누구

처럼 이익에 매달려 사람을 쫓아내지 않고 큰 그림을 그렸다.

대한민국이라는 큰 틀에서 경제를 활성화시키려 노력했고, 자신과 스카이 포레스트의 손해를 기꺼이 감수하였다.

조재홍은 절로 고개가 숙여졌다.

존경의 표현이었다.

차준후와 같은 사람은 한국인들에게 더 많은 존중을 받아야 마땅했다. 자신을 위해 일하는 것보다 국가를 더욱 생각하는 위대한 한국인이었다.

'정말 미친 듯이 해 보자.'

조재홍은 자신을 믿어 주는 차준후를 위해 보여 주고 싶었다.

불꽃을 태우리라!

차준후와 함께라면 성삼에서 있었을 때보다 더욱 큰 성과를 만들어 낼 수 있다. 그는 뛰어난 능력이 있었고, 확실한 지원이 있으면 잘 해낼 자신이 있다.

차준후의 화끈한 지원 덕분에 대한민국에 새로운 바람이 씽씽 시원하게 불어닥치고 있었다. 원래 역사보다 빠르고, 기존에는 없던 바람이었다.

"어려운 일이 있으면 언제든 편하게 연락을 주고 찾아오세요."

만날수록 편하고 즐거운 사람들이 있다.

차준후에게 조재홍이 그랬다.

"배려해 주셔서 정말 감사합니다."

생각만 해도 즐거웠고, 조재홍은 이 기회를 소중히 하기로 마음먹었다.

만나기 어려운 차준후다. 그런 차준후와 지속적으로 만날 수 있다니.

이것으로 이철병에게 이겼다. 이철병이 그토록 자주 만나고 싶어 하는 차준후였으니까.

* * *

스카이 포레스트의 화장품들은 해외에서 고가로 팔리고 있었다.

그에 반해 대한민국 국내에서는 저렴한 가격으로 출시됐다. 해외 가격으로 판매되었다가는 살 수 있는 사람들이 무척 적었기 때문에 내린 차준후의 가격 정책 덕분이었다.

그리고 이 저렴한 가격의 화장품을 구매하기 위해 수많은 외국인이 서울을 방문하고 있었다.

"우와! 이 화장품 저렴하다."

"미국에서 사라면 엄청 비싼데, 대한민국에서 사면 저

렴해."

"이건 차별이야."

해외에서 스카이 포레스트의 가격 정책에 대한 비판이 나왔다. 일부 소비자와 시민단체들을 중심으로 가격 인하에 대한 요구가 당연히 벌어졌다.

보통의 기업이었다면 더 큰 시장의 소비자들을 두려워하며 요구를 받아들였을지도 모른다.

그러나 스카이 포레스트는 가격 조정은 결코 없을 것이라고 못을 박았다. 미국에서의 가격이 비싸다고는 하지만, 그게 경쟁력이 없다는 건 아니었기 때문이다.

"프랑스 화장품 가격을 생각해 봐. 스카이 포레스트의 화장품은 프랑스 제품보다 뛰어난데 가격은 약간 높거나 비슷하잖아. 그렇게 보면 비싼 것도 아니지."

"그건 그렇지. 하지만 기왕이면 미국에서도 조금만 더 저렴하게 팔면 좋겠다는 뜻이었어."

"그건 너무 많은 걸 바란 거야."

금발의 여성들이 백화점에서 스카이 포레스트 화장품을 잔뜩 구매하였다. 종이 가방을 양손에 무겁게 들고 있었다.

많은 해외 방문객들이 백화점으로 몰려와 쇼핑을 즐기고 있었다.

그들의 구매력은 엄청났다. 백화점 가격이 비싸다고 하

지만 해외의 방문객들에게는 저렴한 편이었다.

"여기 물건들이 저렴하면서도 좋아."

"마음에 드는 게 있으면 다 구매하자."

"아주 좋은 생각이야."

백화점을 방문하는 해외 방문객들의 절대다수는 여성들이었다. 대한민국 백화점은 전 세계의 여성들이 사랑하는 관광지로 급부상하였다.

그리고 백화점을 찾는 한국인들도 점점 많아졌다. 대한민국 경제가 발전하고 좋아지면서 생활 수준이 눈에 띄게 향상된 영향이었다.

대한민국의 빠른 성장에 전 세계가 감탄하고 있었고, 배불리 먹고 잘사는 한국인들이 꾸준히 증가했다.

이 모든 변화의 바탕에는 스카이 포레스트와 차준후가 존재했다.

"가방을 만듭시다."

차준후는 화장품 본업의 사업을 새롭게 부각시키려는 시도를 벌였다.

"가방이요?"

문상진이 난감한 표정을 지으면서도 귀를 바짝 기울였다.

차준후가 또 전혀 생각지도 못한 사업에 진출하려고 하였다.

그런데 그런 사업들이 매번 엄청난 성과를 보여 주고 있었다. 결코 가볍게 들을 수 있는 사안이 아니었다.

"화장품 명품을 만드는 회사들 상당수는 의류 패션과 가죽 제품 사업에 진출해 있습니다. 스카이 포레스트도 의류에 진출해 있고요. 지금껏 화장품에만 집중했는데, 그 영역을 심층적으로 넓힐 필요가 있어요."

차준후는 스카이 포레스트의 화장품 사업에 새로운 바람이 불기를 원했다. 화장품 사업은 이제 본궤도에 올라섰고, 새로운 변화를 충분히 꾀할 수 있었다.

전 세계 명품 산업은 화장품 기업들과 연관이 깊었다.

세계 경제가 활성화되면서 부자 계층들이 늘어났고, 명품을 찾는 부류들도 많아졌다. 이 시장은 시간이 흐를수록 천문학적으로 커진다.

특히 원가에 비해 수익이 엄청나다. 제작 원가가 10만 원도 안 되는 가방이 무려 400만 원에 팔렸다. 엄청난 폭리임에도 불구하고 명품 가방들은 없어서 못 팔 지경이었다.

"일반 가방을 만드는 건 아니겠지요?"

문상진은 이제 차준후에 대해 잘 알고 있었다. 평범한 가방을 만들 사람이 절대 아니었다.

국내에는 이미 가방 공장들이 여럿 세워지고 있었.

작은 공장에 기계를 들여놓고, 손재주 좋은 기술자들을

고용해서 여행 가방과 운동 가방, 책가방, 배낭 등을 전문적으로 생산했다.

이런 가방들이 요즘 날개 돋친 듯이 팔려 나갔다.

"당연히 명품 가방을 만들어야죠."

차준후는 국내의 일반 가방 공장과 경쟁할 생각이 없었다.

"역시 최고급 제품을 만들려고 하는 거군요."

"명품 브랜드는 품질과 디자인도 중요하지만, 소비자들의 소유욕을 자극하는 것이 무엇보다 중요합니다. 명품 그 자체로 하나의 문화가 되어야 소비자들이 지갑을 쉽게 열지요."

차준후는 이제 스카이 포레스트의 문화를 만들어 갔다.

누구나 가지고 싶어 하는 명품!

그렇지만 높은 가치 때문에 무조건 구매할 수는 없는 명품!

소유하고 싶지만 마음껏 누리기에는 부담되는 그런 명품!

스카이 포레스트만의 명품 문화를 만들어 가는 것이다.

"지금도 명품이잖습니까?"

"명품 가운데 명품으로 올라서야죠. 아직 부족함이 많아요."

차준후는 스카이 포레스트를 명품 중의 명품으로 만들

려 하고 있었다. 그리고 이 브랜드 가치를 더욱 크게 만들기 위한 방편으로 가방을 떠올렸다.

오랜 역사를 가지고 있지 못한 스카이 포레스트는 소비자들에게 새로운 감각과 문화적인 접근이 필요했다.

끊임없이 변화를 시도하면서 소비자들에게 고급스러운 문화를 선보일 필요가 있었다.

브랜드 가치는 기업이 만들어 가는 것이다. 스카이 포레스트의 높은 브랜드 가치를 위해 차준후는 명품 가방을 만들고자 했다.

"명품 가운데 명품! 참으로 듣기 좋은 말이네요."

많은 여운을 안겨 주는 이야기에 문상진이 푹 빠져들었다.

확실히 차준후는 말을 참 예쁘게 했다. 듣다 보면 혹할 수밖에 없었다.

"스카이 포레스트의 명품 가방은 수작업으로만 만들어질 겁니다. 그리고 국내에는 아주 실력 좋은 전통 장인들이 많지 않습니까? 그런 장인들을 우선적으로 고용하세요."

예로부터 손재주가 좋은 한국인들이었다.

나무, 금속, 가죽 등 아름다운 물건을 만드는 전통 장인들이 많았다. 전통을 계승하는 장인들과 현대적인 사업의 조합을 꾀할 수 있었다.

대한민국 명품 공예 명맥을 잇는 장인들이 있지만 이

들의 삶은 전체적으로 조금 어려웠다. 전통 공예 명맥을 제대로 배우기 위해서는 많은 노력과 시간이 필요했지만 고생한 노력에 비해 금전적인 이득은 부족하였다.

그러니 그들 중에는 충분한 대가를 약속한다면 스카이 포레스트에서 일해 줄 사람들도 분명 있을 것이었다.

"알겠습니다. 솜씨 좋은 명품 장인들을 섭외하겠습니다."

"가죽을 비롯한 재료들은 해외에서 들여올 겁니다."

"헉! 이번에도 해외로 나가시려고요?"

문상진이 기겁하였다.

점점 영향력이 커지고 있는 차준후를 대신할 자신이 도저히 없었다.

귀국한 지 얼마나 되었다고 또 나가겠다 하는 건지.

보내기 싫었다. 차준후의 빈자리는 너무나도 컸다.

차준후만 있으면 자연스럽게 해결될 문제도 문상진은 어렵고 복잡하게 처리해야만 하는 실정이었다.

제6장.

시대의 주체

시대의 주체

 차준후가 사업 문제로 해외를 자주 나가긴 했지만, 그라고 해외에 나가고 싶었던 건 아니었다.
 누구보다 워라밸을 중요시 여기는 차준후였고, 직원들에게 맡길 수 있는 문제였다면 직접 해외로 나가진 않았을 터였다.
 "이번에는 직원들을 통해 처리하죠."
 차준후가 언뜻 알고 있는 바로는 세계에서 가장 우수한 품질을 가진 최고급은 가죽은 이탈리아산이었다.
 다만 이탈리아 가죽이 좋다는 건 알지만, 어느 회사의 제품이 더 품질이 좋은지는 알지 못했다. 이걸 확인하기 위해서는 결국 발품을 들여 모든 가죽 회사의 제품들을 살펴보는 수밖에 없었다.

하지만 아무리 그래도 이런 일까지 차준후가 직접 처리한다는 건 무리가 있었다. 그러기에는 이외에도 차준후가 처리해야 할 문제가 산더미처럼 쌓여 있었다.

"정말 잘 생각하셨습니다. 제가 유럽 지사 직원들에게 대표님의 지시를 빨리 처리하라고 전달하겠습니다."

문상진은 차준후의 생각이 바뀔지 몰라 정말로 번개처럼 처리하였다.

스카이 포레스트 프랑스 지사는 규모가 점점 더 커지고 있었다. 직원들이 꾸준하게 늘어나고 있었고, 주도적인 기업이 되어 갔다.

"유럽에서 명품 가방을 만드는 기업들 가운데 인수합병이 가능한 곳이 있는지 알아보세요."

21세기 세계 1위 명품 기업 LVMHO는 인수 합병 전략을 통해 자신의 위치를 공고히 만들었다. LVMHO의 공격적인 인수 합병을 마다하지 않는 경영 전략은 빛을 발했다.

LVMHO는 1980년대 부실 기업으로 전락한 크리스챤 다올의 모회사 인수를 시작으로, 명품 업계에 발을 내디뎠다. 이후로 루이뷔 등을 포함한 여러 명품 기업들을 꾸준하게 인수하며 덩치를 키웠다.

차준후는 1960년대부터 일찌감치 LVMHO의 전략을 적용하는 것이었다.

"인수 합병이요?"

"처음부터 명품 가방을 만들려고 하면 준비해야 할 게 너무 많습니다. 유럽의 이름 높은 기업을 인수하는 편이 좋아 보입니다."

"명품 기업이라면 자존심이 높지 않습니까? 그들이 기업을 팔까요?"

"판다는 곳이 나올 겁니다."

명품을 만드는 업체들은 제품 하나하나를 매우 비싸게 판매하여 적잖은 이득을 올렸지만, 제품이 비싼 만큼 이를 구매하는 소비자가 적기에 시장 규모 자체는 작을 수밖에 없었다.

그에 당연히 기업들 간의 경쟁은 치열했고, 일부 기업은 경쟁에서 뒤처지며 브랜드 가치가 떨어지고 결국 소비자들의 외면을 받는다.

과거 잘나가던 명품 기업이라 할지라도 한 번 소비자들에게 외면을 받는다면 더 이상 돌아오지 못한 채 역사의 뒤편으로 사라진 경우가 허다했다.

"인수 합병 금액은 어디까지 생각하십니까?"

"한계는 없습니다."

차준후가 한계를 정하지 않았다.

"무제한의 금액이라! 생각만 해도 흥분되네요."

문상진의 얼굴이 붉어졌다.

"저도 어떤 기업이 인수될지 흥분됩니다."

그만한 가치를 명품 기업이라면 얼마를 주고서라도 인수할 작정이었다.

명품이란 단순히 비싼 제품을 뜻하는 게 아니었다. 그만큼 디자인과 품질이 여느 제품들보다 훨씬 우수하기에 명품이라 불리는 것이었다.

명품 기업은 그 브랜드의 인지도가 매우 중요한 요소지만, 결국 그 기업에 속한 장인들이 그 가치를 만들어 내는 것이나 다름없었다.

명품 기업들을 인수하여 장인들까지 고용 승계를 한다면, 국내 전통 장인들에게 기술을 전수해 주는 것도 가능했다.

세계 명품 시장을 주도하고 있는 유럽의 문화와 대한민국의 문화를 복합적으로 묶을 수 있는 기회였다.

동시에 스카이 포레스트가 대한민국의 문화가 세계에도 통한다는 걸 보여 주고자 했다.

"적합한 인수 합병 후보들이 많으면 어떻게 하실 겁니까?"

대답이 무척 기대되는 문상진이었다.

"모두 인수할 겁니다. 많을수록 좋죠."

차준후가 웃으며 대답했다.

어차피 돈은 남아돌고 있으니 모두 인수해도 괜찮았다. 명품 기업들의 가치가 높다고 하지만 스카이 포레스트의 매출 규모는 더욱 많았다.

이제 인수 합병에 거액의 자금을 동원하는 선 스카이 포레스트에게 대단한 일이 아니었다.

얼마에 팔래?

얼마면 돼?

돈으로 사겠어.

명품 기업들을 인수하여 단숨에 문화와 역사 등을 세우려는 차준후의 계획이었다.

"역시. 대표님이라면 그럴 줄 알았습니다."

"명품 기업들이 팔겠다고 하면 모두 삼켜 봅시다. 이런 거라면 배가 터져도 괜찮습니다."

"하하하하!"

문상진이 웃음을 터트렸다.

모든 걸 집어삼키는 대왕고래라고 할까. 차준후는 먹고 또 먹어도 배고픈 대왕고래다.

계속 성장하고 있었고, 그 성장이 어디까지 이어질지 가늠하기조차 어려웠다.

"어려운 일이 아니면 제게 보고하지 말고 알아서 처리하세요. 아셨죠?"

차준후는 성실하고 유능한 문상진에게 전권을 떠넘겼다.

일은 아랫사람에게.

창업 초기부터 이 원칙을 고수하고 있었다.

가장 많은 차준후의 업무를 대신 해결하고 있는 사람 가운데 한 명이 바로 문상진이었다. 문상진이 실비아 디 온 다음으로 고생하고 있었다.

"알겠습니다."

문상진도 이제는 차준후에게 익숙해졌다. 어차피 실무를 책임지는 건 바로 그였다.

"대표님, 오랜만에 공장과 협력 업체들의 운영 상태를 점검하러 가 보시겠습니까?"

"제가 지금 맡긴 업무는요?"

"아랫사람들이 해야죠. 이제 저도 위치가 있잖습니까?"

이제 문상진도 많은 업무들을 은근슬쩍 아래로 떠넘기고 있기도 했다.

차준후를 보고서 참으로 많은 걸 배웠다.

별 볼 일 없었던 시간 강사였던 그도 이제는 고래로 성장하였다. 하루에 몇 명이나 문상진을 만나려는 사람들이 스카이 포레스트 본사를 찾았다. 그의 관심을 받기 위해 몰려드는 사람들이 무척이나 많았다.

살면서 몇 번 만나 본 적도 없는 친인척부터 시작하여 학연으로 맺어진 사람들, 그리고 정재계의 인사들까지 다양한 인물들이 연락을 해 왔다.

이들 중에는 중요 인사들도 제법 있었기에 전부 외면할 수는 없었고, 이렇게 직접 처리해야 하는 일들 때문에 이제 사소한 일까지 문상진이 처리한다는 건 물리적으로 무리가 있었다.

앞으로 아래로 넘길 수 있는 문제는 넘겨야만 했다.

"그건 그렇죠. 위치가 있는 저희들이 오랜만에 공장들 좀 둘러볼까요?"

대표실에만 머무르다 보니 답답했는지 차준후가 냉큼 받아들였다.

윗사람들이 간간히 시찰과 점검을 나가 줘야 아래 직원들이 더 열심히 일하는 법이다.

이것도 업무였다.

"나간 김에 점심도 해결하시죠. 제가 맛있는 수구레국 밥집을 찾았습니다. 두 명이 먹다가 한 명이 죽어도 모를 정도입니다."

활기찬 문상진이다.

이렇게 차준후와 시찰을 나간다고 생각하니, 처음 스카이 포레스트와 왔던 때가 떠올랐다. 그때는 함께 거리를 돌아다니면서 참 재미있었는데.

요즘은 알아보는 사람들이 많아져서 힘들었다.

"수구레국밥 좋죠. 생각만 해도 입에 침이 고이네요."

"어디부터 점검하시겠습니까?"

"수구레국밥 식당과 가까운 곳부터 점검하죠. 그러다가 점심시간이 되면 수구레국밥을 먹으러 갑시다."

시대의 주체 〈167〉

차준후와 문상진을 태운 검은색 벤츠 차량들이 스카이 포레스트에서 빠져나왔다.

차량이 포드에서 벤츠로 바뀌었다.

벤츠의 유니목 트럭들이 국내로 들어올 때 함께 수입된 최고급 차량들이었다. 단순한 판매용 차가 아니라 방탄유리와 폭탄에도 견딜 수 있게 특수 제작된 차량이었다.

차준후의 벤츠 이용으로 포드의 경영진들이 눈물을 흘렸다는 이야기도 있을 정도였다.

그럴 수밖에 없는 속사정이 있다.

벤츠에 들어가는 배터리와 타이어 등에 나노 정크옥사이드가 사용되고 있었고, 카세트 플레이어에도 스카이 포레스트의 부품 등이 들어갔다.

벤츠와 스카이 포레스트의 협력이 강화되고 있었다.

이런 내막 때문에 벤츠의 차량 품질이 좋아지면서 포드가 전전긍긍하는 실정이었다.

포드는 벤츠에 뒤처지지 않도록 스카이 포레스트와 협력을 더욱 강화하기 위해 노력했고, 동시에 차준후가 다시 포드차를 타기를 희망했다.

포드의 뜨거운 구애에 차준후는 가끔씩 차량을 바꿔 줄 필요성을 느꼈다.

"수구레국밥 식당은 강남 지하철 공사 현장 근처에 있습니다. 대구에서 장사를 하다가 얼마 전에 서울로 이전을 했다고 합니다."

차량 뒷좌석에 함께 탄 문상진이 차준후에게 보고했다.

가장 먼저 지하철 공사 현장을 점검하기로 했다.

서울이 발전하면서 많은 자영업자들이 상경을 하고 있었다. 이런 자영업자들 가운데 식당을 운영하는 사람들이 상당히 많았다.

"맛이 좋다면 대구에서도 명성을 날렸을 텐데요?"

"대구에서 아주 잘나갔다고 합니다. 그래서 주인장이 식당을 확장하려고 했는데, 이왕이면 서울에서 하는 편이 좋겠다고 해서 올라온 겁니다. 대표님을 보려는 이유로요."

"저를요?"

"어떻게 저를 알았는지 주인장이 대표님을 간절히 보고 싶다고 전해 달라더군요. 대표님과 함께 오면 특별한 대우를 해 주겠다고 했습니다. 식당 메뉴판에 없는 아주 특별한 메뉴를요."

"식당 주인에게 매수당한 거 아닙니까?"

"맛에 매수당했죠. 잡냄새도 없고 아주 좋습니다. 특히 술안주로 끝내줍니다."

식당 주인장에게 사랑받고 있는 차준후였다.

신문에는 차준후의 방문 식당들에 대한 이야기들이 심심치 않게 보도됐다. 차준후가 방문했던 식당들은 하나같이 한순간에 서울의 맛집으로 떠올랐다.

유명했던 식당들은 더욱 유명해졌고, 무명이었던 식당들은 신데렐라처럼 대우를 받았다. 이는 지방에 있던 유명한 식당들이 짐을 싸서 서울로 올라오는 이유이기도 했다.

"지하철 건설은 잘 진행되고 있나요?"

차준후가 창문 밖을 보면서 물었다.

차량들은 땅을 파헤치고 있는 공사 현장에 들어서고 있었다.

포크레인과 불도저가 먼지를 휘날리면서 움직이고 있었고, 크레인도 바쁘게 이리저리 오갔다. 작업복을 입은 근로자들이 먼지를 뒤집어쓰면서도 활기차게 일하고 있었다.

일한다는 것 자체가 행복이었다.

대규모 토목 사업으로 많은 사람이 채용되었지만 전국적으로는 아직 실업자들이 적잖았다. 이런 판국에 돈 잘 주고, 배불리 먹여 주는 스카이 포레스트와 연관된 공사 현장은 실업자들이 가장 일하고 싶은 곳이었다.

"보시는 것처럼 잘되고 있습니다. 계획에 따라 착착 진행되고 있죠. 이에 대한 보고서를 올렸는데, 제대로 읽어 보지 않으셨나요?"

상세한 설명을 해 주는 문상진의 눈초리가 곱지 않았다.

보고서를 올리면 꼼꼼히 봐야지.

"봤죠. 그래도 유능한 부하에게 직접 듣는 게 좋아서요."

차준후가 여전히 차창 밖을 보면서 이야기했다.

보고서를 살펴보기는 했다.

그러나 대충 봤기에 어떤 내용인지는 제대로 기억나지 않았다. 그냥 아주 원활하게 진행되고 있다는 것만 기억났다.

서울의 교통 체계를 새롭게 바꾸는 지하철이다.

얼마 전에는 서울시 경찰국에 교통과가 새롭게 생겨났다. 원래라면 1965년에 발족되어야 할 교통과였는데, 서울의 발전이 빨라지고 교통이 복잡해지면서 일찌감치 만들어졌다.

점차 역사가 바뀌고 있었다.

그리고 그 변화의 속도는 가속화됐다. 마치 산꼭대기에서 눈덩이를 굴린 것과 비슷한 상황이었다.

"현재 계획했던 것보다 공정이 빨라졌습니다. 모터를 바꾼 중장비들의 활약이 컸죠. 전체 공정 가운데 4.8%가 진행됐습니다. 추가로 인력을 투입하기로 했으니 더 빨라질 겁니다."

"좋네요. 빨리 완공돼서 서울 교통을 원활하게 만들면 좋은 일이죠."

보고를 받으면서 차준후는 서울 1호선이 떠올랐다.

지금 만들고 있는 지하철이 아니라 미래의 서울 1호선이었다.

한 개 노선만 만들고 있기에 1호선의 의미가 없다. 2호선, 3호선이 만들어져야 최초로 만들고 있는 지하철 노선이 1호선이 된다.

역사가 뒤틀리면서 지하철 노선은 약간 바뀌었다.

달라진 서울에 지하철 노선도 바뀔 필요가 있었고, 또 공사비에 대한 걱정이 없었기에 더욱 사업 규모가 커졌다.

이왕 만드는 지하철이기에 서울시 관계자와 정부는 크게 만들기를 원했고, 이에 차준후도 반대하지 않았다.

한 번 만들면 다시 손대기 힘들어진다. 처음 만들 때 규모를 크게 하면 앞으로 혼잡해질 서울의 교통 환경을 지하철이 쾌적하게 만들 수 있었다.

이에 스카이 포레스트가 추가적으로 지하철 건설 비용을 보탰다. 정부에서도 이에 비례하여 건설 비용을 보전하였다.

"대표님께서 신경을 쓰고 계신 덕분에 지하철은 서울 시민들의 발이 되어 줄 겁니다."

"서울은 세계에서 가장 번화한 도시 가운데 한 곳으로 발전할 겁니다. 매일 엄청난 시민들이 지하철을 이용할 거니, 지하철 건설에 공을 들이세요."

"명심하겠습니다. 대표님의 말처럼 되는 날이 빨리 왔

으면 좋겠네요."

문상진이 행복한 표정을 지었다. 상상만으로 즐거웠다.

다른 사람이 말했다면 헛소리라고 치부했을지도 몰랐다. 그런데 차준후가 말하니 그 무게감이 달랐다.

자신이 내뱉은 말을 모두 현실로 만들고 있는 차준후였다.

정말로 서울이 세계에서 가장 번화한 도시가 될 것만 같았다. 그때 가서 문상진은 자식을 비롯한 후손들에게 서울의 발전에 자신이 대단한 일을 했다고 떠들 수도 있었다.

지하철 공사 현장으로 진입한 벤츠 차량이 속도를 줄였다.

이미 연락을 받은 공사 책임자와 현장소장, 건설사 사람들이 나와 있었다.

"대표님의 방문을 환영합니다."

"어서 오십시오."

"오랜만에 뵙습니다, 대표님."

차량에서 내린 차준후에게 사람들이 앞다퉈 인사를 보냈다.

"고생들이 많습니다."

차준후가 사람들에게 웃으며 인사했다.

그들과 함께 지낸 시간이 많았는데도 불구하고 함께 내

린 문상진은 큰 주목을 받지 못했다.

"쳇!"

문상진은 얇게 툴툴거렸다.

그러나 그건 절대 그의 진심이 아니었다. 차준후의 옆에 선 그는 편안하게 웃고 있었다.

이 자리의 주인공이 누구인지 잘 알았기에 한쪽에 조용히 서 있었다.

"고생이라니요. 당치도 않습니다."

"이런 고생이라면 사서도 할 수 있습니다."

"공사 현장을 둘러보려고 합니다."

"제가 안내하겠습니다."

현장소장을 따라 차준후가 공사 현장을 점검하였다.

서울지하철 1호선의 공사 현장을 눈으로 직접 보다니. 참으로 감회가 남달랐다.

"열심히 일하는 여러분들의 노고에 감사드립니다."

차준후는 공기를 단축하는 게 만족스러웠다.

무엇보다 자신의 결정에 따라 빨리빨리 변화하는 대한민국의 모습이 보기 좋았다. 마치 시대의 주체가 된 기분이었다.

어디에 손을 대냐에 따라 대한민국이 역동적으로 변할 것만 같았다. 그리고 그렇게 할 수 있는 능력이 차준후에게는 존재했다.

1960년대의 흐름이 차준후를 중심으로 흘러갔다. 중심에 가까울수록 얻는 게 많았고, 이탈되면 끔찍한 결과가 발생하였다.

대한민국의 중심은 이미 차준후가 차지했다.

그리고 놀랍게도 세계의 흐름까지 차준후가 중심이 되어 갔다.

"당연히 해야 할 일이죠."

"역사적인 지하철 공사에 참여하고 있는 저희가 대표님에게 감사드려야죠."

"대표님 덕분에 서울에도 지하철이 들어설 수 있는 겁니다."

사람들이 차준후를 치켜세웠다. 어떤 사람은 최고라는 의미로 엄지를 세우고 있었다.

지하철이 만들어지고 있는 데에 차준후의 공이 크다는 걸 이 자리의 모두가 알았다. 차준후가 없었다면 절대 불가능한 지하철 공사였다.

지하철 공사를 진행하며 대한민국의 건축 수준은 비약적으로 상승하고 있었다. 해외에서 들여온 최신 공법들은 한국의 기술 수준은 몇 단계나 끌어올렸다.

국내 건설사들에게 이번 지하철 공사는 엄청난 실적과 함께 해외 선진국의 기술을 흡수할 수 있는 기회였다.

그리고 그 기회는 지하철 공사에 천문학적인 비용을 보

시대의 주체 〈175〉

태고, 해외 건설사들과 연결까지 시켜 준 차준후의 공로 덕분에 만들어질 수 있던 것이었다.

건설 관계자들 모두가 차준후에게 감사함을 느끼는 건 당연했다.

"공기 단축에 대한 성과급을 전체 공정이 5%가 되면 모든 작업장에 지급하겠습니다."

차준후가 선언했다.

공기가 단축된다면 그만큼 공사비를 절감할 수 있었다. 차준후는 근로자들이 고생한 덕분에 절감된 비용을 적당히 그들에게 돌려줄 생각이었다.

"와아아! 차준후 대표 만세!"

"감사합니다, 대표님."

"더욱 열심히 일하겠습니다."

주변에서 지켜보고 있던 근로자들이 환호성을 터트렸다.

"공정 속도가 예정된 것보다 빨리 완료된다면 이후로도 공정이 5%씩 완료될 때마다 성과급을 계속 지급하겠습니다."

차준후는 성과급을 한 번으로 그칠 생각이 아니었다. 이들이 고생하는 만큼 땀과 노력에 대한 보상을 지속적으로 해 주고자 했다.

"돈을 받는다면 난 해낼 수 있어."

"난 돈이 아니라도 열심히 할 거야. 지금 받고 있는 것만으로도 충분해."

"어쨌든 우리 모두가 해내야 해. 그래야 가능한 지하철 전체 공정이야. 차준후 대표님에게 우리가 해낼 수 있다는 걸 보여 주자."

공사 책임자와 현장소장, 건설사 사람들 모두가 빠르고 또 빠르게 지하철을 완성하기 위한 열정을 불태웠다. 성과급이 많은 영향을 미쳤지만 순수한 마음으로 접근하는 사람들도 상당했다.

사람들은 대한민국을 사랑하는 차준후의 마음에 보답하고 싶어 했다. 비록 가진 재산이 없어 차준후처럼 엄청난 기부를 할 수는 없었지만 그래도 열심히 땀을 흘릴 수는 있었다.

사람들은 묵묵히 일해서 차준후에 도움을 주고 싶었다.

차준후를 중심으로 사분오열되던 대한민국이 뭉쳐 나갔다.

이 단결된 힘은 컸다. 대한민국은 무서울 정도로 하나로 집중되고 있었다.

"갑니다. 수고하세요."

차준후가 지하철 공사 현장 점검을 완료했다.

만족스러운 점검이었다.

대표실에만 있다가 이렇게 밖에 나오니 무척이나 생생했다. 대한민국의 변화가 몸으로 느껴졌다.

벤츠 차량들이 멀리 떨어지지 않은 곳에 위치한 수구레 국밥 식당으로 움직였다.

 식당에 도착했다.

 그런데 수구레국밥 식당의 지붕에는 플래카드가 걸려 있었다.

〈차준후 대표가 방문할 식당〉

 바람에 펄럭거리고 있는 큼지막한 플래카드에는 차준후 얼굴이 그려져 있었다. 얼굴 그림이 커서 멀리에서도 볼 수 있을 정도였다.

 초상권은?

 이 시대에 초상권은 딱히 의미가 없었다.

 "제 얼굴이 그려져 있네요?"

 "식당 주인이 대표님의 얼굴을 그려 넣고 싶다고 하더라고요."

 큭!

 식당 주인이 한 일인데, 왜 부끄러움은 차준후의 몫이 되어야만 하는가.

 "제가 방문할 식당이라? 표현이 재미있네요."

 "요즘 저렇게 광고하는 식당들이 많습니다. 눈여겨보지 않으면 깜빡 속을 수도 있죠. 조심해야 합니다."

차준후가 방문한 식당!

차준후가 방문할 식당!

글자 하나 차이였기에 대충 보고 식당에 들어섰다가 난처한 상황에 빠지고는 하는 손님들이었다. 살아남기 위해 노력하는 식당들이었지만 손님 입장에서는 절반쯤 사기를 당하는 것과 비슷했다.

"어서 오십시오. 별실로 모시겠습니다."

기다리고 있던 식당 주인이 고개를 숙이며 인사했다. 예약을 받았기에 차준후의 방문을 미리 알고 있었다.

"음! 플래카드 광고를 하는 건 좋은데, 얼굴은 내려 주세요."

차준후는 얼굴 광고를 하고 싶지 않았다.

내 상품이 아니잖아.

이건 그의 잘생긴 얼굴을 마구 깎아내리는 짓이었다.

"알겠습니다. 어차피 오늘 바꾸려고 했는데 잘됐네요."

이제 수구레국밥 식당의 플래카드는 바뀐다. 차준후가 방문한 식당이 된 덕분이었다.

두 사람이 실내에 자리를 잡았다.

"대표님을 모시고 왔으니 특별 서비스를 기대하고 있어요."

"기대하셔도 좋습니다. 실력을 발휘해서 수구레국밥과 특별 음식들을 가지고 올 테니 잠시 기다리고 계세요."

주인이 환하게 웃으면서 물러났다.

이미 준비를 하고 있었는지 빠르게 수구레국밥과 특별 음식들을 가지고 나타났다.

소의 가죽과 근육 사이의 아교질 조직인 수구레는 쫄깃한 식감이 예술이었다. 콜라겐과 엘라스틴이 많아 관절 기능 개선에 도움이 된다는 이야기 있는 수구레국밥은 서민들의 음식이었다.

수구레국밥은 소의 부산물로 만들기에 저렴한 가격이 특징이었다.

아는 사람들이 먹는 진짜 별미였다.

"이거 아주 맛있네요. 식감이 재미있어요."

차준후가 수구레국밥을 한 입 먹는 순간 맛에 홀딱 반해 버렸다. 깊고 진한 국물과 부드러운 수구레가 입안에서 어우러졌다.

환상적으로 맛있다!

정말 잊을 수 없는 맛이었다.

회귀 전, 고아였던 그는 못 먹고 자란 만큼 배불리 먹는 걸 유달리 좋아했다. 그리고 수구레국밥은 저렴한 가격으로 배불리 먹을 수 있는 추억의 음식이었다.

"대표님도 빠지셨군요. 저는 이 맛에 빠져 벌써 10번 넘게 방문하고 있습니다."

"저도 다음에 또 방문해야겠군요."

"흐흐흐! 주의하실 점이 있습니다. 여기는 밖에서도 보이는 커다란 솥으로만 요리하는 곳이에요. 그 손에 걸린 국이 떨어지면 바로 가게 문을 닫습니다. 늦게 오면 문이 닫혀 있을 수도 있어요."

그렇지 않아도 문상진은 늦게 퇴근하고 회사 임원들과 술 마시러 왔다가 문이 닫혀 있는 탓에 다른 곳으로 간 적이 몇 번이나 있었다.

저렴하지만 맛있고 또 배불리 먹을 수 있는 수구레국밥이기에 사람들이 줄을 서서 먹고 있었다. 이제는 입소문이 퍼진 덕분에 식당 문 닫는 시간이 점점 빨라졌다.

단골들에게 있어서 참으로 안타까운 소식이었다.

그렇기에 진짜 단골들은 자신들만 알려고 주변에 수구레국밥을 알리지 않았다.

"제가 아주 큰맘을 먹고 대표님에게 알려 드린 겁니다."

"덕분에 맛있게 먹네요. 그렇지만 저 덕분에 특별 음식을 먹을 수 있게 됐잖습니까."

"감사합니다. 대표님 덕분에 이 식당에서 수구레볶음을 먹어 보네요."

특별 음식으로 나온 건 수구레볶음이었다.

본래 이 식당의 메뉴는 딱 한 가지였다.

수구레국밥!

단지 보통과 곱빼기로 양만 다를 뿐이다.

그런데 가격이 똑같다. 가격에 부담을 가지지 말고 배불리 먹으라는 식당 주인의 배려였다.

"이걸 먹게 될 줄은 정말 생각지도 못했습니다."

매콤하게 양념이 되어 나온 수구레볶음은 국밥과 다른 별미를 보여 줬다.

저렴하고 영양 만점인 수구레국밥과 수구레볶음은 차준후에게 있어 소울푸드였다.

포장마차의 닭발볶음과 비슷하다고 보면 됐다.

살짝 질긴 느낌이 나기도 했지만, 양념이 잘 스며들어 있어 소의 진한 맛을 온전히 느낄 수 있었다.

한 점을 입에 넣은 차준후는 추억을 씹었다.

차준후의 입가에 미소가 떠올랐다.

회귀 전 서울에서 한창 공부를 열심히 하던 학생일 때는 그저 주린 배를 채울 목적으로 가성비가 좋은 음식들만 찾아 먹었다.

그리고 그중 수구레국밥만 한 것이 없었고, 맛보다는 가격과 양 때문에 한동안 이것만 먹기도 했다.

그때는 입에 물린다고 생각했는데 이제는 추억이 되어 있었다.

"좋네요."

수구레볶음은 각각 다른 맛들을 보여 줬다.

어떤 건 질겼고, 어떤 조각은 부드러우면서 지방의 풍

미를 확 안겨 줬다. 부위에 따라 다양한 맛을 보여 주는 수구레였다.

"좋아할 거라고 예상은 했는데, 대표님이 이처럼 격정적으로 반기실 줄은 미처 몰랐습니다."

문상진은 박봉을 받던 강사 시절, 수구레국밥과 같은 저렴하면서도 양 많은 음식들을 찾아다녔다.

그러다 알게 된 것이 수구레국밥이었고, 이후 그 맛에 빠져 지금까지도 계속 찾게 되었다.

힘들었던 순간들이 이제는 추억이 되어 다시 음식들에서는 찾을 수 없는 맛을 느끼게 해 주었다.

그리고 그건 차준후도 마찬가지였지만, 문상진으로서는 알 방법이 없었다. 문상진은 부유하게 자라서 온갖 진미를 맛봤을 차준후가 수구레국밥을 걸신들린 것처럼 먹자 놀란 표정을 지었다.

그 시선을 느낀 차준후가 머쓱한 표정을 지었다.

"제 입맛에 잘 맞네요."

추억의 음식인 수구레국밥과 수구레볶음을 먹으면서 즐거운 시간을 보낸 차준후였다.

"배불리 맛있게 잘 먹었습니다."

"감사합니다. 혹시 허파를 비롯한 소 내장들도 잘 드십니까?"

"없어서 못 먹는 별미죠."

"다음에 오시면 소 내장까지 넣어서 수구레볶음을 해 드리겠습니다."

"기대되네요. 다음에 예약을 잡고 방문하겠습니다."

차준후가 재방문을 약속했다.

차준후와 문상진은 식당 주인의 배웅을 나오면서 밖으로 나왔다.

"벌써 플래카드가 바뀌었네요."

"예약을 받자마자 일찌감치 준비해 뒀지요."

식당은 차준후가 식사를 하고 있는 사이에 플래카드를 바꿨다.

〈차준후가 방문한 식당〉

글자 하나가 바뀌었을 뿐이지만 그 가치가 달랐다.

플래카드도 훨씬 더 커져 있었다.

"저 플래카드에 대표님의 얼굴을 그려 넣어야 제대로 된 완성인데…… 어떻게 안 될까요? 이미 화가도 준비되어 있습니다. 허락만 해 주시면 특별 서비스를 더 잘해 드릴게요."

"안 됩니다."

군침이 돌기도 했지만 차준후가 단호하게 거절했다.

특별 서비스에 얼굴 초상권을 허락할 수는 없었다.

먹고 싶다는 욕망을 억제했다. 식당에는 훈장처럼 보일지 몰라도, 플래카드에 얼굴이 실리는 부끄러움은 그의 몫이었으니까.

"큭! 안 통하네요."

식당 주인이 아쉬워하였다.

그래도 차준후가 다음에 방문하면 또 플래카드를 바꿀 생각이었다. 그때는 '차준후가 2번 방문한 식당'이었다. 거기에도 차준후 얼굴을 그릴 수 있는지 재차 물어볼 생각이었다.

'이런 미미한 반항은 예상했어.'

식당의 위상을 높이려는 식당 주인은 아직 포기하지 않았다.

젊음을 다 바쳐서 고생한 끝에 지금의 식당을 만들어 냈다. 식당을 더 돋보이게 만들기 위해서라면 포기란 있을 수 없었다.

* * *

SF 특수 섬유 공장.

방사 공정실이란 팻말이 선명했다.

슈퍼섬유라 불리는 아라미드 섬유를 생산하는 공간으로, 이곳은 특급 보안 구역이었다.

안내를 맡은 공장장이 차준후와 조재홍을 안내하고 있었다.

특수 섬유가 국내 최초 양산이 시작되는 역사적인 날이었다.

특수 섬유라는 시장의 첫 장이 열렸다.

"대표님의 각별한 관심과 지원 덕분에 드디어 라이쿠라와 케불라 생산을 본격적으로 할 수 있게 됐습니다."

"저야 지원만 했을 뿐이죠. 공장장님을 비롯한 많은 직원분들이 고생 많으셨습니다."

차준후는 잠도 안 자고 노력해 온 직원들의 고생을 잘 알고 있었다. 다소 통통했던 공장장도 어느새 홀쭉해져 있었다.

"대표님의 지원에 보답하기 위해 노력했습니다. 예정된 생산 일정보다 2개월밖에 앞당기지 못해서 송구스럽습니다."

공장장이 고개를 숙였다.

사실 2개월 빨리 생산 일정을 앞당긴 것만 해도 대단한 것이었다. 새롭게 설치된 기계들의 운용과 직원들의 교육 등이 제대로 이뤄진 결과였다.

스카이 포레스트의 공정은 어느새 예정보다 빨리 끝내지 못하면 안 되는 분위기였다. 새롭게 지어지는 건물과 생산품 등 모든 곳에서 빨리빨리 문화가 일어나고 있었다.

이는 계열사들의 경쟁이기도 했다.

사업이 잘 진행되는 곳에 차준후의 관심과 지원이 집중되고 있었기에 자연스러운 현상이었다.

"그 정도만 해도 대단한 겁니다. 고생한 만큼 톡톡히 보상할 테니 기대하고 계셔도 됩니다. 생산 능력은 얼마나 됩니까?"

"연간 생산량이 1010톤입니다."

방사 공정실 안에서 생산 시설들이 쉴 새 없이 돌아가고 있었다.

기계들에서는 머리카락보다 얇은 노란 광택을 띠는 섬유들이 쉴 새 없이 쏟아져 나왔다. 방사 공정과 가열처리를 통해 아라미드 섬유들을 뽑아내고 있었다.

"부족합니다. 생산 시설을 증설해야겠군요."

"네? 벌써요?"

공장장이 놀랐다.

이제 막 생산하기 시작했다. 그런데 벌써 증설이라니.

"충분하다고 생각했는데, 달라는 곳이 많네요."

차준후가 웃었다.

처음에는 방탄복과 방화복 등의 특수 의류만 생각했었다. 군대에 납품하고, 남는 여유분으로 SF 패션에 공급하면 충분할 것이라 예상했다.

그러나 아라미드 섬유를 활용해서 타이어와 항공기, 선

박 등의 업계에서 복합재료 연구를 하겠다고 나섰다. 기존의 생산 방식보다 아라미드 섬유를 활용하면 더욱 가볍고 뛰어난 제품들을 만들어 낼 수 있기 때문이었다.

미국 듀퐁사에서 세계 최초로 생산되기 시작한 아라미드 계열의 특수 섬유는 점점 시장을 넓혀 나갔다.

시대의 변화가 빨라지고 있었다.

아라미드 섬유는 동일 중량 기준으로 강철보다 5배 이상의 강도를 지녔고, 500도 이상의 고온에서도 견뎌 내는 높은 내열성을 가졌다.

원래라면 시간을 두고 두각을 드러내는 아라미드 섬유였지만, 차준후의 개입으로 인해 달라졌다. 차준후가 관심을 가지고 있다는 사실이 알려지고 난 뒤에 수많은 업계에서 연구를 하였다.

그리고 연구 결과 발표되며 다양한 분야에서 핵심 소재로 활용이 가능하다는 사실이 대대적으로 알려졌다.

이로 인해 아라미드 섬유를 원하는 곳들이 폭발적으로 늘어났다.

그러나 지금 아라미드 섬유를 생산할 수 있는 곳은 듀퐁과 스카이 포레스트밖에 없었다.

"얼마나 늘리실 겁니까?"

"1만 톤 이상으로 하려고 합니다."

차준후가 공장 규모를 단숨에 10배 이상으로 늘리려고

했다.

지금 들어오고 있는 세악 물량을 처리하려면 이 정도 생산 시설 확충이 필요했다.

"어마어마한 양이군요. 이번 증설 과정에서는 직원들과 함께 더욱 빠르고 원활한 생산이 이뤄질 수 있도록 노력하겠습니다."

"공장장님의 역할이 큽니다. 여기에서 생산되는 물량의 대부분은 해외로 수출되니까, 품질에 만전을 기울여 주세요."

"불량이 나지 않도록 노력하겠습니다."

차준후의 신뢰를 받고 있는 공장장의 어깨에 힘이 들어갔다.

이곳에서 생산될 섬유들이 곧 달러나 마찬가지였다. 외화가 소중한 시기였고, 생산 물량을 잘 뽑아내는 것이 바로 애국이었다.

그 규모가 앞으로 10배나 확장된다면 그의 책임은 더욱 막중해질 수밖에 없었다.

"어떻습니까?"

차준후가 옆의 조재홍에게 물었다.

"직접 두 눈으로 보니 정말 대단합니다. 이것들이 아라미드 섬유이군요. 노란빛 섬유들이 황금처럼 보입니다."

조재홍은 눈앞의 아라미드 섬유에 푹 빠져 있었다.

"황금이나 마찬가지이죠."

"이 황금을 샛별도 빨리 만져 보고 싶습니다."

"듀퐁과 이야기를 마쳤으니 샛별도 합류할 수 있습니다."

차준후는 빠르게 일 처리를 하였다.

듀퐁과 스카이 포레스트만 생산하면 독점이라는 위험이 발생할 수 있었다. 다른 기업들의 합류가 필요했다.

그런 기업들 가운데 한 곳으로 샛별이 합류될 수 있었다.

샛별은 아라미드 계열 섬유를 만들 때 차준후의 원천 특허를 일부 사용해야만 했고, 그에 대한 로열티를 꼬박꼬박 제공해야만 한다.

"이걸 보니 샛별도 하루빨리 나일론 섬유 공장을 하루라도 빨리 완성해야겠네요."

조재홍의 샛별 기업은 나일론 섬유 공장을 먼저 짓고 있었다.

마음 같아서는 곧바로 아라미드 섬유를 생산하고 싶었지만 그건 욕심이었다. 바닥을 기지도 못하는데 걷고자 하는 꼴이었다.

스카이 포레스트처럼 듀퐁과 긴밀하게 협력하지 못하는 한 어쩔 수 없는 일이었다. 샛별은 차준후의 배려로 도약할 수 있는 기회를 잡았을 뿐이었다.

샛별 기업이 특수 섬유를 개발할 수 있게 도와주는 거

지, 스카이 포레스트가 가지고 있는 걸 통째로 주는 게 셈내 아니었나.

샛별이 듀퐁과 스카이 포레스트를 따라잡거나 비슷한 위치에 올라서기 위해서는 많은 연구와 노력이 필요했다.

그리고 샛별 기업의 성장은 원천 특허를 가지고 있는 스카이 포레스트에도 도움이 되는 일이었다.

독점적인 시장 지배는 미국에서 역풍을 불러일으킨다. 거대했던 공룡 기업들이 쪼개지는 경우가 적지 않았다.

듀퐁은 현명하게 이런 문제를 처리해오고 있다.

원래 역사에서 듀퐁의 특수 섬유 협력사로 선택한 곳이 바로 일본 기업이었다. 그렇지만 이제 그것이 차준후의 개입으로 스카이 포레스트로 바뀌었다.

"공장이 완성되기까진 어느 정도 남았습니까?"

"아직 1개월 정도 남았습니다. 곧 미국에서 수입한 생산 설비들이 부산항에 도착할 예정인데, 최대한 빨리 대구 섬유 공장에 설치해서 완성 시일을 앞당겨 보려 하고 있는 중입니다."

샛별은 공장을 대구에 세웠다.

대구에는 성삼의 섬유 공장이 있어서 인프라도 이미 어느 정도 확충되어 있었고, 일자리를 찾는 인력도 많아서 사업을 시작하기에 괜찮은 지역이었다.

"샛별에서 나일론을 생산하면 SF 패션에 납품하세요.

해외에서 수입하는 나일론 대신 샛별의 물건을 사용하겠습니다."

"그렇지 않아도 판매처를 뚫린 일이 제일 고민이었는데 정말 감사합니다."

SF 패션의 공장에서 생산하고 있는 의류 양은 나날이 늘어나고 있었다.

국내에서 수입하는 나일론만으로는 생산량을 따라가지 못해 어쩔 수 없이 해외에서도 나일론을 수입해야만 하는 실정이었다.

그런데 앞으로 샛별에서 나일론을 공급받을 수 있다면 더 이상 해외에서 수입하지 않아도 될 테니 비용도 조금이나마 절감될 테고, 외화도 아낄 수 있어 일석이조였다.

"아, 그나저나 일본에서 요즘 아주 난리더군요."

"난리요?"

차준후가 궁금증을 드러냈다.

화학 섬유 분야에서는 아직 대한민국보다 일본이 앞서 나가고 있는 것이 부정할 수 없는 현실이었다.

아니, 정확히는 대한민국의 화학 섬유는 일본과 비교조차 할 수 없을 만큼 뒤처져 있었다. 일본은 이미 세계적인 강자였다. 탄소 섬유는 일본의 기술 특허를 피해서 제작하는 게 불가능했다.

그러나 오늘 스카이 포레스트에서 라이쿠라와 케불라

와 생산하기 시작함으로써 그 입장은 완전히 뒤바뀌게 되었다.

이제 일본 기업들은 특수 섬유에 진입하려면 스카이 포레스트의 특허를 피해 가야만 했다.

"제가 미국에서 공장 설비를 들여오고 있잖습니까."

"그렇지요."

"미국보다 자신들의 설비를 가져다 쓰는 게 좋지 않겠냐면서 계속 연락을 해 오고 있습니다."

스카이 포레스트는 일본의 설비 대신에 미국과 유럽 설비들을 수입해서 사용하고 있었다.

사실 일부 특수한 제품들 외에는 미국과 유럽, 일본의 설비에 큰 차이는 없었다. 어떤 면에서는 일본 제품들이 가격과 품질 면에서 미국과 유럽보다 뛰어나기도 했다.

그렇지만 스카이 포레스트는 일본과 불편한 사이가 된 이후로 일본 제품들을 사용하지 않았다.

일본을 외면하는 문화가 대한민국에서 서서히 만들어졌다.

제7장.

친일인명사전

친일인명사전

일본 기업들은 대한민국 기업들을 자신들 영향력 아래에 두고 싶어 했다. 대한민국의 경제가 일본을 의존할 수밖에 없도록 만들려는 심산이었다.

어떻게 보면 대한민국에 빨대를 꽂는 일이었다.

그런데 그렇게 그동안 기생충처럼 달라붙어 편안하게 이득을 보고 있었는데, 갑자기 그 이득이 사라지기 시작하니 난리를 치는 것이었다.

"일본의 판매 조건이 좋습니까?"

차준후가 물었다.

"가격은 좋지만 앞으로 남고 뒤로 까지는 부분이 있습니다. 처음에 들어오는 장비와 시설 가격은 저렴하지만 유지비가 만만치 않습니다. 일본은 기술 이전에 인색해서 함부로 고치거나 개선할 수 없도록 하고 있으니까요."

설비는 단순히 도입한다고 해서 끝이 아니다.

계속 설비를 돌리기 위해서는 유지 보수비가 필요한데, 이것이 만만치 않다. 도입비가 저렴하다고 해서 덥석 달려들었다가 유지 보수비로 큰 손해를 볼 수도 있었다.

계약하면서 국내 기업들에 여러 가지 제한을 두는 일본 기업들이었다. 아시아의 다른 국가들에는 이런 제한 조건이 없는데, 유독 대한민국에만 이상한 제한을 두는 경우가 많았다.

"기술 이전은 미국과 유럽 쪽이 조금 더 낫기는 하죠."

차준후는 해외의 업체와 거래할 때 비용보다는 기술 이전을 신경 쓰고 있었다.

스카이 포레스트의 기술로 만들어야 차후에 새로운 연구와 개발을 하는데 용이했다.

원천 기술!

독자적으로 기술을 차지해야 큰소리를 칠 수 있었다.

이런 모습을 스카이 포레스트가 잘 보여 주었다.

"그래서 저도 일본이 아닌 미국에서 설비를 수입하는 겁니다."

조재홍의 롤모델은 바로 차준후였다.

샛별을 스카이 포레스트처럼 키우고 싶었다.

이런 조재홍의 선택을 보고 평소 알고 지내던 일본 재

계의 사람들이 놀라 연락을 해 왔던 것이다. 그러면서 일본 설비를 선택하면 앞으로 잘해 주겠다는 소리를 덧붙였다.

그러나 가볍게 한 귀로 듣고, 한 귀로 넘겨 버렸다.

"잘 선택하신 겁니다. 저희 탄소 섬유 공장의 제품들이 미국산이니까, 샛별도 미국산에 익숙해지는 게 좋겠지요."

차준후는 앞과 뒤가 다른 일본의 행태가 정말로 지긋지긋했다.

물론 한편으로는 이해가 갔다.

시설 장비를 저렴하고 팔고 유지 보수를 해 주면서 돈을 벌겠다는 일본 기업의 행태는 돈을 벌고자 하는 것이었으니까.

기술이 일본에 종속되면 원하지 않는다고 해도 질질 끌려다닐 수밖에 없었다. 그리고 이제 스카이 포레스트의 기술에 일본이 질질 끌려다녀야만 하는 상황이었다.

"대표님을 보면서 독자 기술을 개발해야 한다는 걸 절실히 깨닫고 있습니다."

"제 얼굴에 금칠을 하는 거지만, 독자 기술을 가져야만 세계에서 성공할 수 있습니다."

"맞는 말씀입니다."

조재홍이 격하게 공감했다.

원천 기술을 가지고 있는 스카이 포레스트를 일본도 이

제 함부로 대하지 못했다. 오히려 눈치만 봤다.

잘나가고 있는 일본 경제가 휘청거리면서 일본 정치권과 재계의 마음고생이 아주 심했다.

조재홍에게도 차준후와 만날 수 있게 다리를 놔 달라는 일본 재계의 연락이 계속 들어오고 있었다.

'이야기도 꺼내지 말자.'

현명한 조재홍이었다. 괜히 말해서 차준후와의 좋은 관계를 훼손하고 싶지 않았다.

괜히 사람 난처하게 만들지 말고, 스카이 포레스트에 접근하고 싶으면 일본 기업들이 알아서 해야 했다.

* * *

봄이 찾아왔다.

차가운 겨울바람이 잦아들었다. 두꺼운 옷을 입던 사람들의 옷차림이 상대적으로 얇아졌다.

날씨가 따듯해져 갔다.

대한민국 경제에도 훈풍이 불어닥쳤다.

경제에 활기찬 바람을 지속적으로 불어넣고 있는 곳은 바로 스카이 포레스트였다.

"날씨가 포근해지기는 했네."

차준후가 대표실에서 창밖 거리를 바라보면서 중얼거

렸다.

그의 손에는 오늘도 아이스커피 한 잔이 들려 있었다.
아침에 출근하고 마시는 커피 한 잔의 여유!
차준후가 보내는 자신만의 시간이었다.
이 아침의 여유가 좋았다.
차준후는 겨울을 보내며 많은 사업가와 학자들을 만났다. 꾸준하게 대한민국 경제를 성장시키기 위해 노력했다.
물론 가지고 있는 모든 걸 주는 건 아니었다.
스카이 포레스트의 기술 특허, 인맥 등을 이용할 수 있게 해 주지만 어디까지나 기회 제공이었다. 기회를 제공하면서도 스카이 포레스트는 더욱 높게 비상하고 있었다.
대한민국 최고의 기업인 스카이 포레스트에게 자국 내 시장 점유율은 의미가 사실상 없어졌다. 대한민국 매출 규모는 스카이 포레스트에게 무척이나 적었기 때문이었다.
이 시대 주류는 바로 스카이 포레스트였다.
차준후는 세계의 큰 흐름을 주도하고 있었는데, 모든 이익을 홀로 갖지 않고 최대한 많은 이들이 이득을 누릴 수 있도록 나누는 길을 택했다.
모든 걸 스카이 포레스트가 독차지할 수도 있지만 그러지 않았다.
그리고 그렇게 욕심을 내려놓았기에 전 세계에서 존중을 받으며 더 많은 인기를 얻게 될 수 있던 것일지도 몰랐다.

내려놓으니 누린다고 할까.

어떻게 보면 그의 지식은 완벽하지 않았다.

화장품과 관심 분야에 대해서는 나름 잘 알았지만 기타의 결여된 미래 지식은 해당 분야의 업체나 학자들과 만나야 제대로 꽃을 피웠다.

아무튼 차준후는 자신만의 방식으로 나아갈 길을 찾았다.

그리고 그렇게 스카이 포레스트를 비롯한 대한민국의 기업들이 전과 비교할 수 없을 만큼 성장하자 자연스레 대한민국 경제에도 큰 변화가 일어났다.

원래라면 10, 20년 후에나 도달했을 경제 성장률을 보이며, 원 역사에서 타국의 지원에 의존했던 모습과는 달리 대한민국의 경제는 차츰 자립해 나가는 모습을 보였다.

"도움을 주면서도 마음이 편해."

이 시대 기업과 정부, 사람들의 어려움을 차준후는 잘 알았다. 그렇기에 도움 줄 수 있는 부분에 기꺼이 나섰다.

어떻게 보면 씨앗을 뿌리는 농부와도 같았다.

대한민국 성장은 스카이 포레스트 홀로 가는 길이 아니라고 차준후는 여겼다.

함께 나아가는 길!

뜻과 기술력이 있는 기업들이 차준후의 귀한 도움을 빌었다.

차준후는 비용을 아끼지 않았다. 쉽고 편안하면서 좋게 갈 수 있는 길이 보였기에 돈을 아낄 이유가 없었다.

이제 돈은 차준후에게 있어 큰 문제가 아니게 됐다.

가만히 있어도 이 순간에도 많은 돈을 벌고 있었다.

스카이 포레스트의 모든 공장이 계약된 상품들을 생산하기 위해 눈코 뜰 새 없이 바쁘게 돌아갔다. 본사와 계열사들의 공장에서 만들어 내는 상품은 날개 돋친 듯이 팔려 나갔다.

그리고 스카이 포레스트의 원천 특허들을 이용하는 해외 기업들은 계속해서 늘어났다. 원천 특허들은 스카이 포레스트에 천문학적인 거액을 안겨 주었다.

놀랍게도 이 거액이 꾸준하게 늘어나고 있었다. 대한민국 경제를 탈바꿈시키는 데 있어 충분한 금액이었다.

평소 차준후의 21세기 경영 방식에 불만을 가지고 있던 사업가들도 아양을 떨며 다가왔다. 대한민국 경제가 차준후를 중심으로 돌아가고 있었기 때문이고, 또 차준후와 함께하면 많은 이득이 보장되기 때문이기도 했다.

그리고 이득이 있는 곳에 날벌레들도 꼬이는 법이었다.

"음! 또 친일파 놈들이 기웃거리네."

최근 사업 계획서를 들고 스카이 포레스트를 찾는 친일파들이 많아졌다.

어떻게 보면 새삼스럽지도 일이었다.

나라와 민족까지 팔아먹으며 일본에게 기생하듯 달라붙어 이득을 챙겼던 이들인데, 이번에는 그 대상이 차준후가 됐을 뿐이었다.

일각에서는 차준후의 아낌없는 투자에 대해 눈먼 돈이라고 표현하기도 했다.

미래를 알고 있는 차준후에게는 엄청난 가치가 있기에 그만한 투자를 하는 것이었으나, 미래 지식이 없는 이들이 봤을 때는 터무니없는 투자처럼 느껴질 수도 있었던 것이다.

그에 친일파를 비롯한 일부 사업가들이 내용만 그럴싸하게 꾸민 사업 계획서를 통해 차준후에게서 돈을 뜯어내려고 하기도 했다.

얼마 전에도 그럴듯한 사업 계획서를 가지고 온 친일파 사업가를 만난 차준후였다.

비서실에서 투자 가치가 없거나 수상쩍은 건은 사전에 걸러 내고 있었지만, 아무리 유능해도 사람이 하는 일이다 보니 완벽할 수는 없었다.

참으로 간이 큰 친일파들이었다.

광복을 하고 이승만 정권에서부터 박정하 정권까지 친일파들에 대한 청산이 제대로 이뤄지지 않았다. 친일파들은 과거를 지우고 대한민국에서 떵떵거리며 살아가고 있었다.

몇몇 친일파들은 독립운동가로 행세하기도 하였다.

나라를 팔아먹은 그들은 많은 부귀영화를 누렸고, 그것이 아직도 이어졌다. 기업을 운영하고 있는 사업가들 중에도 친일파들이 적지 않았다.

심지어 그중에는 자신을 독립운동가라고 말하고 다니는 이들도 있었다. 얼마 전 차준후를 찾아왔던 친일파 사업가도 그런 뻔뻔한 사람 중 하나였다.

그가 가지고 온 사업 계획서는 매우 그럴싸했는데, 차준후가 직접 내용을 살펴보니 아무래도 이상해 비서실에 그에 대해 자세히 알아볼 것을 지시했고 그 결과 사기 전과가 있는 인물이었다는 점을 알아낼 수 있었다.

"죽을 때까지 감옥에서 보내게 될 테지만 그래도 다시 생각하니 괘씸하네."

경찰에 신고하자 경찰서장까지 달려왔다.

수갑을 차고서 끌려가는 친일파 사업가의 표정이 지금도 생생한 차준후였다.

독립유공자 행세를 하던 가면이 벗겨진 친일파 사업가의 추악한 면모가 그대로 드러났다.

이 소식을 접한 박정하가 대노하였다는 소문이었다.

괘씸죄가 적용된 친일파 사업가였다.

중형이 선고됐다.

그는 30년 넘게 차가운 감옥에 갇혀 바깥세상의 빛을 보지 못하게 됐다. 나이가 있어 살아서 바깥으로 나오지 못할 가능성이 높았다.

감히 친일파 사업가가 차준후의 애국심을 이용해서 한탕하려 했다는 사실에 박정하뿐만 아니라 전 국민이 분노했다.

"친일인명사전을 만들어야겠다. 나라를 깨끗하게 만들 필요가 있어."

차준후가 그리는 대한민국은 깨끗하고 공정한 사회였다.

한탕주의가 만연하는 대한민국은 광복 이후 대한민국의 쇄신이 깨끗하게 이뤄지지 않은 영향이 컸다. 특히 친일파 청산이 문제였다.

친일파들은 대한민국 곳곳에 스며들어 암적인 존재로 자라났다.

모르는 상태로 친일파를 지원할지도 모르는 사태를 방지할 필요가 있었다. 유명하지 않은 친일파라면 차준후도 모르고 넘어갈 수밖에 없었다.

"광복회가 친일인명사전을 만들고 싶다고 했지. 적극적으로 지원해야겠다."

차준후는 친일파를 솎아 내는 작업을 서두르고자 마음먹었다.

세월이 흐를수록 친일파들의 친일 행위는 흔적조차 남지 않고 역사에 없었던 일처럼 사라질지도 모르는 일이었다.

물론 지금도 완벽하게 그들의 죄를 완벽하게 청산할 수는 없겠지만, 지금이라면 국가와 민족에 피해를 입힌 친일파들을 조금이라도 더 많이 끄집어내는 게 가능했다.

그리고 나서야 그제야 대한민국은 비로소 바로 설 수 있을 것이었다.

"나라가 시끄러워지려나?"

차준후는 우려되는 부분도 있었다.

광복되고 난 지 세월이 흘렀다. 친일인명사전을 편찬한다고 하면 친일파들이 조용히 있을 리 만무했다.

국가와 민족을 팔아먹은 친일파들은 지금 부귀영화를 누리고 있었다. 정재계의 높은 자리를 차지하고 있는 자들이 적지 않았다.

그동안 친일인명사전 이야기가 있었지만 그럴 때마다 이들의 반대로 인해 무산됐다. 광복회가 친일인명사전을 만들겠다고 정부 예산을 요구했지만 국회에서 전액 삭감된 적도 있었다.

"시끄러워져도 어쩔 수 없지."

차준후는 친일 인사들과 친일파 진영의 격한 반발이 발생할 거란 걸 알고 있었다.

하다못해 지금 대통령을 맡고 있는 박정하의 친일 행적도 무시할 수 없었다. 친일인명사전 편찬은 대통령 박정하가 대놓고 반대할 수도 있는 일이었다.

"가만히 있는 나를 친일파가 먼저 건드렸잖아."

차준후는 누가 뭐라 해도 밀어붙이기로 마음먹었다.

어차피 한 번은 털고 가야 할 일이었다.

박정하의 경우는 일본 군인으로 복무하면서 혈서까지 제출한 게 문제였다. 이건 박정하가 숨기려고 하는 사안이었지만 만주신문에 혈서가 보도됐다는 사실이 남아 있었다.

이 신문의 원본은 일본 국회도서관에 있었다.

"친일 행적이 드러나면 탄핵될 수도 있으려나? 다음 대통령 선거에서 떨어질지도 모르겠네. 그래도 진행시켜 보자."

차준후는 짧은 시간 동안 많은 걸 떠올렸다.

역사를 바꿀지도 모르는 일에 개입하는 것이다 보니 고심이 많아질 수밖에 없었다.

친일파에 대한 저항과 반발이 아주 심한 시기였다. 만약 이 사실이 일찌감치 사실로 확인됐다면 애당초 박정하의 대통령 당선은 없었을지도 몰랐다.

* * *

 광복회 용산 지부는 일본 헌병대 부지로 이전을 한 상태였다. 차준후가 사서 기증을 한 부지와 건물을 이용하고 있었다.
 광복회는 헌병대 감옥을 일반 시민들에게 개방하여 일본의 잔인하고 악랄했던 만행과 독립운동가들의 업적 등을 알렸다.
 이곳을 방문한 사람들은 독립운동가들의 숭고함에 감사했고, 잔인한 일본 헌병대에 놀랐다. 일본 헌병대가 독립운동가들에게 펼친 수작은 무척이나 잔인하고 악랄했다.
 "잘들 있으셨는가?"
 반선엽이 광복회 용신 지부 사무실로 들어섰다.
 예전의 작고 협소하던 곳과 달리 지금 사무실은 무척이나 크고 넓었다.
 "형님, 웬일로 연락도 없이 오셨습니까? 이쪽으로 앉으시죠."
 지부장실에 있던 한충호가 냉큼 뛰쳐나와 반선엽을 반겼다.
 "말없이 오면 안 되는 거냐?"
 "좋다는 이야기였습니다. 커피? 녹차? 어떤 걸로 드시겠습니까?"

"차준후 대표가 잘 먹는 아이스커피로 가져와."
"알겠습니다."
한충호가 직접 두 잔의 아이스커피를 타서 지부장실로 대령했다.
"어쩐 일이십니까?"
"용무 없이 오면 안 되냐?"
"흐흐흐! 그럴 분이 아니니까 묻는 거죠. 좋은 일로 오신 것 같은데 말입니다."
한충호의 눈치가 비상했다. 툴툴거리고 있는 반선엽의 말과 달리 얼굴이 하회탈처럼 웃고 있었다.
"이번에 차준후 대표가 친일파 사업가에게 작업당할 뻔한 건 들어서 알고 있지?"
"찢어 죽을 놈이지요. 친일파였던 놈이 신분 세탁을 해서 독립유공자 행세를 하다니요."
화가 나서 견딜 수 없는 한충호였다.
만약 눈앞에 그 친일파 사업가가 있다면 단번에 때려죽이고 싶은 심정이었다. 그가 벌인 짓은 숭고한 독립유공자들을 모욕하는 천인공노할 행위였다.
"그 때문에 차준후 대표가 크게 화를 내고 있어. 안 좋은 일이기는 하지만 그 덕분에 친일인명사전 편찬에 지원을 해 주겠다고 한다."
반선엽은 차준후에게 친일인명사전 편찬 제작과 조사

에 한도 없는 지원을 해 주겠다는 연락을 받았다. 그리고 그 이야기를 지금 곧바로 친동생처럼 알고 지내는 한충호에게 알리려 달려온 것이었다.

"차준후 대표가 주도한다는 말씀이십니까?"

"아니다. 무제한으로 자금을 지원만 해 주겠다고 했어. 친일인명사전 편찬은 어디까지나 광복회가 주도해야 한다고 하더구나."

친일인명사전을 편찬하는 주체는 광복회가 되어야 한다고 생각하는 차준후였다. 광복회보다 잘할 수 있는 기관은 없다고 여겼다.

"아!"

한충호가 탄성을 터트렸다.

아주 화끈한 지원이었다.

무제한의 지원이라니!

그동안 돈이 없어서 제대로 친일인명사전을 만들지 못했다. 지지부진하던 친일인명사전 편찬이 드디어 급물살을 탈 수 있게 됐다.

그동안 친일파들의 간섭과 방해로 계속해서 쪼그라들고 있는 광복회였다.

그렇지만 이제 차준후의 지원으로 친일파들의 방해가 물거품이 되고 말았다. 국내에서 차준후보다 강한 힘을 발휘할 수 있는 사람은 없었.

공수 교대였다.

"그동안 친일파들의 방해로 광복회가 고생이 많았잖냐. 그 설움을 제대로 갚아 줘라."

"그놈들의 이름을 친일인명사전에 잘 적어 넣을 겁니다."

한충호는 광복회를 방해한 친일파들을 잘 기억하고 있었다. 마음에 두고두고 담아 뒀다.

"열심히 조사해서 친일인명사전을 세상에 내놓겠습니다."

"응? 그럴 필요 없이 차준후 대표가 지금껏 조사한 걸로 먼저 출판하라고 하더라."

"네? 조사가 너무 부실합니다."

한충호가 펄쩍 뛰었다.

광복회는 친일파들의 행적을 꾸준히 조사해 왔지만, 숱한 방해들 때문에 아직 조사가 많이 부족했다.

정부와 관련 단체를 비롯하여 많은 이들의 도움을 받아야만 비로소 부족한 부분들을 메우는 게 가능했다.

아직은 제대로 된 친일인명사전을 편찬하기엔 많은 게 부족한 상황이었다.

"이번에 내는 건 1차 출판본일 뿐이고, 매년 개정판을 출간하면서 국민들의 관심이 끊이지 않도록 만들 생각이라더라."

친일인명사전은 단기간에 완성할 수 없었다.

파고 파도 끝이 없는 게 친일파들의 악행이다. 이들의

죄를 낱낱이 밝히기 위해서는 많은 시간이 필요할 수밖에 없었다.

또한 한 번의 출간으로 끝낸다면 그 순간에는 관심을 불러일으킬지 몰라도, 시간이 지나면 자연스레 관심이 사그러들 것이었다.

하지만 매년 개정판을 반복해서 출간한다면?

국민들의 관심이 끊일 일이 없을 것이고, 정부도 개입하지 않을 수 없는 상황이 만들어질 수 있었다.

그렇기에 차준후는 계속해서 조사를 더해 가며 매년 개정판을 내는 것이 더 좋으리라 생각했다.

"예? 매년 다시 출간하려면 비용이 제법 많이 들 텐데요?"

"지금 차준후 대표를 상대로 돈 걱정을 하는 거니? 많이 컸네."

"아…… 제 생각이 짧았습니다. 차준후 대표의 생각이 좋아 보입니다."

오지랖이었다. 비용을 따질 필요가 없었다.

"차준후 대표가 빨리 보고 싶다고 하더구나."

"자료를 정리해서 곧바로 친일인명사전을 세상에 내놓겠습니다."

광복회가 바쁘게 움직였다.

그동안 모아 뒀던 친일파들의 자료를 하나로 모았다.

그리고 마침내 친일인명사전이 세상에 전격적으로 모

습을 드러냈다.

대한민국이 발칵 뒤집혔다.

*　*　*

화산그룹.

화산그룹의 창업주는 박홍식으로, 반민특위 1호로 지목된 친일파였다.

그러나 친일파들을 척결한다고 만들어진 반민특위는 친일 세력들의 저항과 반발로 와해됐고, 반민특위 1호 검거 대상자인 박홍식은 무죄로 풀려났다.

이승민 정권 시절 친일파들에 대한 판결은 어이가 없는 수준이었다.

반민특위에서 풀려난 박홍식은 거리낄 것 없이 사업을 펼쳤다.

화산그룹은 빠르게 성장했고, 이승민 정권 시절에 10대 재벌 중 한 곳으로 발돋움하였다. 군사정부와도 아주 친밀하게 지내는 기업이고, 박정하와 화산그룹의 창업주인 박홍식과의 인연이 적지 않았다.

계속해서 성장하고 있는 화산그룹은 작년에 화산화학섬유를 설립했고, 레이온이란 섬유를 생산하고 있었다.

일본에서 설비를 들여왔는데, 레이온을 만들어 내는 기

계는 인체에 치명적인 이황화탄소를 배출 문제가 있었다.

일본은 이 구형 레이온 설비를 화산그룹에 떠넘긴 것이었다.

박홍식은 이런 문제를 알고 있었지만 저렴하다는 이유로 국내로 들여왔다. 그리고 아무것도 모르는 노동자들에게 일하게 만들었고, 노동자들이 이황화탄소에 중독되는 사고가 벌어졌다.

그러나 문제의 원인을 알고 있는 노동자들은 없었고, 박홍식도 노동자들의 문제로 몰아붙였다.

여러 문제가 있었지만 화산그룹과 박홍식은 잘나가고 있었다.

"에이! 재수 없는 놈. 지가 뭐라고 친일파 사업가를 단죄한다고 난리야. 머리에 피도 안 마른 놈이 잘난 척하는 모습이라니."

회장실에서 신문을 보고 있는 박홍식이 성을 냈다.

천하일보 신문의 1면에는 차준후에 대한 기사가 실려 있었다.

친일파 사업가에 대한 적나라한 보도였다.

친일파 사업가가 차준후에게 접근하였던 사건은 아직도 한국인들에게 잘 먹히는 이야기였다.

모든 한국인이 공감한 내용의 기사이지만 친일파 사업가인 박홍식에는 아주 불편한 기사였다.

"광복을 한 지가 언제인데 아직도 친일이냐 아니냐를 따지는 건지. 사업이 장난이야? 열심히 사업하는 것이 애국인 시대라고. 대한민국 경제를 수호할 수 있다면 무슨 일이라도 할 줄 알아야지. 사업 좀 할 줄 안다는 젊은 놈의 배포가 이다지도 작다니, 쯧쯧쯧!"

박홍식이 혀를 찼다.

불편한 속내를 드러내고 있었다.

그러나 사실 그도 기회를 엿봐서 차준후에게 사업 협력 제안을 하려고 했었다.

그러던 차에 막 나가는 친일파 사업가의 등장으로 접근이 어려워졌다.

"난 독립유공자 행세를 하지 않았어. 조사를 받고 떳떳하게 무죄로 풀려나왔다고."

얼굴에 철판이라도 두른 것처럼 그는 뻔뻔했다.

그는 무죄로 방면되기까지 엄청난 뇌물을 뿌렸다.

뿐만 아니라 살아남기 위해 친일파들이 똘똘 뭉쳐서 이승민 정권과 미국에 로비를 펼친 결과였다.

그 결과 어쨌든 무죄였기에 사람들에게 많은 비난과 비판을 받으면서도 대놓고 사업을 하고 있었다.

많은 손가락질을 받는다고 해도 성공하면 그만이었다. 화산그룹에서 일하고 싶어 하는 사람들이 천지였다.

"이 시끄러운 게 잦아들면 애송이에게 접근해 보자고."

화산그룹보다 못한 기업들도 차준후와 합작하면서 많은 이득을 보고 있었다. 가만히 지켜보고 있자니 너무 배가 아팠고, 자신이라면 더 잘할 자신감이 넘쳤다.

애송이 차준후를 충분히 구워 삼킬 수 있다고 여겼다.

일제강점기 시절과 이승민 정권 초기에도 버텨 내고 잘 살아남은 박홍식이었다.

"회장님, 큰일 났습니다!"

비서실장이 문을 거칠게 열고 등장했다.

"위급할수록 여유를 가져야 한다고 했잖아. 하늘이 무너지더라도 솟아날 구멍은 있는 법이야."

박홍식이 여유를 부렸다.

"무슨 일이야?"

"그것이……."

비서실장이 말을 제대로 잇지 못했다.

"큰일이라며? 말해 보게."

"광복회에서 친일인명사전을 발간했습니다."

"친일인명사전?"

"네. 그 가운데 회장님 이름이 가장 앞에 올랐습니다."

"나라를 잃은 백성으로서 살아남기 위한 불가항력적인 선택이었어. 체재에 순응했던 걸 친일로 매도하는 건 가혹한 일이야. 그런 식으로 따지면 일제강점기 시절 모든 사람들이 친일파라고."

박흥식은 이승민 정권 때부터 줄곧 주장해 오던 자신이 일제강점기 시절 그렇게 행동했던 이유를 변명했다.

 이는 그 한 명의 주장이 아니라, 수많은 친일파가 꺼내 드는 변명이기도 했다.

 궤변이었다.

 "이제 그 변명이 통하지 않을 수도 있습니다."

 "언제 어디서나 비난과 비판은 있는 법이지. 이 친일인 명사전에 진정성이 있는지 의심이 간다고 알고 있는 기자들에게 흘리라고."

 박흥식은 대수롭지 않게 여겼다.

 이런 걸로 놀랄 필요는 없었다. 반민특위 1호로 잡혀갔을 때에 비해 아무것도 아니었다.

 "사람들이 진정성이 있다고 믿고 있습니다."

 "오늘따라 참 말귀를 못 알아듣는군. 정치적으로 물타기를 하란 말이야. 종북주의자들이 내놓은 흑색선전이라고 하면 그만이라고."

 박흥식이 공산주의자들을 거론하면서 친일인명사전의 공정성에 의혹을 제기하려고 했다.

 광복회에는 공산주의자들이 존재했다. 이들은 공산주의를 찬양하고, 공산주의 활동을 한 이력이 있는 사람들이었다.

 친일파들은 이 점을 이용하여 광복회를 공산주의자들

로 몰았다.

독립운동과 사상은 아무런 연관성도 없는 문제였지만, 광복 이후 남북이 분단되며 관계가 틀어진 지금 상황에선 매우 효과적인 방법이었다.

그리고 친일인명사전이 발간되었다는 소식을 접한 다른 친일파들도 바쁘게 움직이고 있을 것이 분명했다.

살아남기 위해서.

이럴 때는 참으로 손발이 잘 맞는 친일파들이었다.

"친일인명사전 발간의 배후에 차준후가 있습니다."

비서실장이 말했다.

"……뭐라고?"

박홍식의 눈이 커졌다.

지금껏 부리던 여유가 모두 사라졌다.

이제야 큰일이라는 의미가 와닿았다.

"차준후가 친일인명사전의 모든 발간 비용을 모두 대고 있습니다. 그리고 이것으로 끝이 아니라 매년 발간한다고 합니다."

박홍식은 몸이 부들부들 떨려 왔다.

정부와 박정하 대통령이라면 겁이 나지 않았다. 돈을 싸 들고 가서 친일인명사전에서 빼 달라고 하면 그만이었다.

그러나 국민들이 절대적인 신뢰를 보내고 있는 차준후

라면 달랐다. 이제 공산주의 물타기는 통하지 않을 게 분명했다.

돈이 통하지 않았고, 대한민국을 사실상 좌지우지하고 있는 인물이 바로 차준후였다. 차준후가 작정하고 나서면 화산그룹이라고 해도 무사하지 못했다.

박흥식이 지금껏 쌓아 올린 부귀영화가 차준후에겐 통하지 않았다.

안 떨릴 수가 없었다.

"그가 왜 이러는 거지?"

"아무래도 친일파 사업가 때문이겠지요."

"젠장! 박정하 대통령을 만나 봐야겠다."

친일 행적이 있는 박정하와 만나 이번 사태를 의논하려는 박흥식이었다.

박흥식만 대책을 강구하기 위해 분주한 건 아니었다. 친일파들이 살아남기 위해 움직였다.

여기저기에 벌집 쑤신 듯 난리가 벌어졌다.

제8장.

친일파 발본색원

친일파 발본색원

 박정하가 마른침을 꿀꺽 삼켰다.
 그는 친일인명사전 발간 소식을 듣자마자 차준후를 만나기 위해 달려갔다.
 광복회로 갈 수도 있었지만 주체가 차준후라는 걸 알았다. 광복회가 전면에 나서고 있었지만 결국 차준후의 생각이 중요했다.
 "친일인명사전 발간 비용을 지원하고 있다고 들었습니다."
 "친일파들이 저를 귀찮게 만드네요."
 차준후가 대수롭지 않게 이야기했다.
 날벌레들처럼 난리를 치며 번거롭기에 일망타진하기 위해 광복회를 지원하였다. 그리고 평소 친일파들을 청산해야 한다는 생각을 가지고 있기도 했다.

"큼!"

헛기침을 하는 박정하였다. 대놓고 말하는 차준후의 모습에 많이 불편한 모양새였다.

친일 행적으로 광복 이후 많은 우여곡절을 겪어 온 박정하였기에 불편해하는 것이 이상한 일은 아니었다.

"불편하십니까?"

차준후가 물었다.

"제 이름을 뺄 수는 있습니까?"

이번 친일인명사전에 박정하의 이름은 빠져 있었다. 제대로 된 명확한 증거와 증인들이 나오지 않았기 때문이었다.

광복회에서는 박정하의 친일 행적을 조사하고 있었다. 이건 이번이 처음이 아니라 예전부터 하던 일이었다.

정부에서는 대통령의 친일 행적을 숨기기 급급하였고, 증인들도 없었다. 서슬 퍼런 대통령의 권위를 침범했다가는 한순간에 나락으로 갈 수도 있었다.

그러나 면전에서도 박정하의 눈치를 보지 않는 사람이 존재했다.

"대통령 각하의 이름이 빠지면 친일인명사전은 죽은 책이겠지요."

차준후는 박정하의 제안을 일언지하에 거절했다.

대통령이라고 해도 친일 행적이 뚜렷하게 드러난다면

결코 뺄 수 없었다. 예외를 둔다면 친일인명사전의 공신력을 잃게 될 터였다.

"음! 담배 한 대 피워도 되겠습니까?"

박정하가 침음을 흘리며 물었다.

"피우세요. 여기는 금연인데, 처음으로 대통령께서 피우시는 겁니다."

차준후가 받아들였다. 고민이 많을 수밖에 없는 흡연자가 담배를 찾는 걸 만류하지 않았다.

"영광이군요."

담배를 꼬나물고 연기를 뻑뻑 피워 대고 있는 박정하의 미간이 찌푸려져 있었다.

고민이었다.

대통령의 권력을 행사해서 친일인명사전의 연구와 발간을 방해할 수도 있기는 했다.

그러나 그렇게 되면 차준후와 충돌이 불 보듯 뻔했다. 차준후와 다른 길을 걷는다는 건 그리고 해도 부담스러웠다.

게다가 손바닥으로 하늘을 가릴 수는 없는 법이다. 친일인명사전에 그의 이름이 등록되는 건 시간문제였다.

박정하는 친일 행적을 적나라하게 보여 주는 자신의 혈서 자료가 일본에 있다는 걸 알고 있었다.

협조를 받을 수 있느냐에 따라 달라질 수도 있겠지만,

일본의 정부도서관이나 국회도서관을 이용하면 그의 친일 행적에 대한 증거가 명확하게 나온다.

차준후가 요구하면 일본 정부에서 박정하의 친일 행적 자료들을 고스란히 가져다 바칠 수도 있었다. 요즘 차준후와 다시금 협력을 하기 위해 일본 정부는 물밑에서 적극적으로 움직였다.

"누가 그러더군요. 과오를 인정하고 반성하기 전까지는 아무리 시간이 흘러도 잘못은 청산할 수 없는 거라고 말이죠."

차준후가 넌지시 입을 열었다.

"그 말의 의미는 무엇입니까?"

"지금이라도 더 늦기 전에 과거의 잘못을 인정하고, 반성하며 부끄러움 없는 현재를 살아가야 하지 아니겠습니까."

잘못이란 시간이 아무리 시간이 지난다고 해도 사라지는 것이 아니었다.

또한 잘못을 인정하고 반성한다고 해도 저질렀던 잘못 자체가 없던 일이 될 수도 없었다.

그 잘못으로 상처를 입었던 이들이 상처가 아물 때까지 거듭 속죄해야만 했다.

원 역사에서 대한민국은 이 문제를 해결하지 못한 탓에 수많은 일제강점기 피해자들이 두고두고 많은 상처를 가슴에 품은 채 살아가야만 했다.

시간은 피해자들이 상처를 봉합할 수 없었고, 오로지 가해자들의 속죄와 사과만이 조금이나마 그들의 아픔을 위로할 수 있는 방법이었다.

"……알겠습니다. 제 이름을 넣으세요. 그리고 진행하는 김에 모든 친일파가 뼈저리게 반성할 수 있도록 특별법을 제정해야겠습니다."

박정하가 결단을 내렸다.

설령 이로 인해 탄핵이 되더라도 자신이 벌인 일에 대한 업보였다. 어떤 결과를 맞이하더라도 받아들이기로 마음먹었다.

물론 최대한 늦게 친일인명사전에 올라갈 수 있도록 조치를 취할 작정이었다. 대통령에서 내려오고 나서 비난과 처벌을 받아도 늦지 않았다.

"잘 생각하셨습니다."

박정하의 결단으로 을사조약을 전후해서 광복 전까지 친일 행각을 벌인 사람들의 조사가 용이해졌다.

정부에는 친일파들의 자료를 상당 부분 가지고 있었다. 정부에서 협조를 해 준다면 그동안 감춰져 있던 수많은 친일파들에 대한 정보를 파악할 수 있었다.

또한 중앙정보부까지 움직이면 친일파들이 국내에서 숨을 곳이 사라지게 된다.

빠져나갈 수도, 숨을 수도 없게 되는 것이다.

이 사실이 알려지면 친일파들의 숨이 턱 막힐 수밖에 없었다.

"곧장 움직이진 마시고 당분간은 조용히 지켜보십시오."
"이유가 있습니까?"
"이번 사태에서 친일파들은 살아남기 위해 발버둥을 칠 게 분명합니다."
"그렇겠죠."

바퀴벌레들처럼 참으로 생명력이 질긴 친일파들이었다.

"어둠 속에 숨어 있는 것보다 살아남기 위해 움직이는 친일파들을 발본색원하기 좋습니다."
"아!"

박정하의 의도를 알아차린 차준후가 감탄했다.

"조용히 방관하고 있으면 살아남기 위해 제게 접촉하려는 자들이 있을 테죠. 그리고 또 그들을 통해 다른 친일파들을 알아낼 수도 있을 겁니다."

대통령인 박정하와 직접 대면할 수 있을 정도의 인물은 상당한 거물들뿐이었다.

거물들을 타고 아래로, 아래로 계속 쭉 타고 내려가다 보면 결국 밑바닥까지 연결되어 있을 터였다.

거물들을 잡아내는 걸 시작으로 친일파들을 발본색원할 수 있는 것이었다.

그리고 이런 건 차준후보다 박정하가 전문가였다.

박정하에게 찍혀 히루이킴에 공중분해가 된 기업도 있고, 잘살던 가문이 공산주의자로 몰려서 몰락하기도 했다.

대한민국에게 그에게 찍히고 살아남을 수 있는 이들은 몇 되지 않았다.

그리고 이제 친일파들이 박정하게 단단히 찍혀 버렸다.

박정하는 자신의 친일 행적을 희석시키기 위해서라도 최선을 다해 친일파를 발본색원하는 데 앞장서고자 했다.

"이런 일은 길게 끌어서 좋을 게 없습니다. 최대한 한꺼번에 잡아내야죠."

박정하의 눈빛이 날카로웠다.

이번 친일파들을 발본색원하는 과정에서 독한 일 처리도 감수하려고 했다.

차준후에게 말하지는 않았지만 피를 보는 한이 있더라도 쿠데타를 벌였을 때처럼 과감하고 독하게 손을 쓸 작정이었다.

독버섯처럼 자란 친일파 무리들에게 시간과 기회를 주면 여러모로 피곤했다.

* * *

친일인명사전 발간을 두고 박정하의 심기가 크게 불편

하다는 소문이 퍼지고 있었다. 그에 친일파 무리들은 박정하를 비롯한 정부의 주요 인사들을 만나면서 구명 활동을 활발히 펼쳤다.

정계, 재계, 법조계, 그리고 종교계 등에 친일파들이 잔뜩 도사리고 있었다. 많은 부를 가지고 있는 덕분에 유학파 출신들도 많았고, 대학교를 다닌 학구파들이기에 대한민국 곳곳에서 상당한 권력을 차지하고 있었다.

친일파들이 살아남기 위해 한목소리를 내기 시작했다.

- 제가 아는 원로 목사의 경우에는 자의가 아니라 경찰의 혹독한 고문 끝에 강제적으로 일본에 협력하였습니다.
- 식민 지배를 당하던 시대상을 고려해야만 합니다. 정확한 조사를 해야지, 일방적으로 매도해서는 곤란합니다. 당시 살아남기 위해 어쩔 수 없이 협력한 사람들이 많습니다.
- 광복회가 친일인명사전을 출간하는 배경에는 정치적인 의도가 많습니다. 사람들의 관심을 끌기 위해 무리한 일을 벌인 겁니다.
- 국력을 하나로 모아야 하는 시점입니다. 우리는 분열되어서는 안 됩니다. 광복회의 행위는 나라를 분열시키는 행위입니다.
- 친일파들을 단죄해야 하는 건 옳은 이야기입니다.

하지만 시간을 두고 많은 역사학자들과 자료를 바탕으로 철저하게 따져 봐야 하는 역사적인 현안입니다. 한 단체의 일방적인 주장은 사실을 왜곡할 수 있습니다.

- 좌파 인물과 월북 인사들이 사전에 등재되지 않았습니다. 솔직히 공산주의자들의 수작은 아닐지 의문이 듭니다.

- 반공분자들이 제대로 된 근거 없이 대한민국의 주요 인사들을 음해하고 있다. 이는 국가 안보를 대단히 위태롭게 만드는 행위이다.

친일파들이 광복회의 친일인명사전에 대한 비판을 늘어놓았다. 이들은 이번에도 반공을 전가의 보도처럼 사용하면서 이번 사태를 희석시키려고 노력했다.

- 친일인명사전은 광복회가 주도하고 있지만 여러 분야의 역사학자들이 함께 참여하고 있다. 일제강점기 공문서, 조선총독부 관보, 신문, 잡지 등 수많은 문헌 자료를 바탕으로 하고 있다. 정확한 사실 조사를 바탕으로 친일파들을 선정하였다. 공정성에 의혹을 제기하는 건 색깔론에 불과하다.

광복회에서도 반론을 펼쳤다.

그러나 친일파들에 비해 입지가 부족한 광복회의 주장은 별다른 화제성을 갖지 못했다.

일제강점기에 막대한 부를 쌓은 친일파는 언론사에 돈을 뿌려 가며 자신들의 주장은 기사에 싣고, 광복회의 기사는 내려 버리는 수작을 벌였다.

친일파들의 방해로 광복회의 반론은 국민들에게 제대로 알려지지도 못했다.

광복회로서는 믿을 수 있는 게 차준후밖에 남지 않았으나, 이상하게도 이번 친일인명사전 발간을 제안했던 당사자인 차준후가 정작 침묵하고 있었다.

그러자 박정하의 뜨거운 분노에 차준후가 침묵할 수밖에 없다는 소문이 퍼져 나갔다.

청와대발 소문이었다.

사정을 잘 아는 박정하의 최측근이나 정부 고위 관료들의 말들이 쏟아졌다. 세계적인 사업가인 차준후라고 해도 대한민국 국민인 이상 대통령의 눈치를 살필 수밖에 없다는 분위기였다.

비공식적인 소문이었지만 사실로 굳어졌다.

평소 마음에 들지 않는 게 있으면 곧바로 들이받던 차준후가 침묵을 하고 있기 때문이었다. 만약 그게 아니었다면 이미 적극적으로 언론 인터뷰를 하고도 남았을 사람이었다.

이 때문에 친일파들의 목소리가 더욱 기세등등해졌다. 조심스럽게 행동하던 친일파들이 대놓고 튀어나오기까지 했다.

"이번 일에 대해 어떻게 생각해?"

"광복회가 너무 앞서 나가고 있는 거 아닐까? 우리 회사 사장님이 친일파 명단에 올라 있어. 이거 잘못하다가는 회사가 무너지게 생겼다고."

"그래도 친일파는 청산해야 하잖아."

"나도 동감하기는 해. 하지만 사장님은 일본 놈들의 압박에서 회사를 지키려고 어쩔 수 없이 돕는 척만 한 거지, 오히려 뒤에서 독립운동에 자금을 보탰다고 하시더라고."

"정말?"

"정말로 억울하신 표정이었어. 자신이 도와줬던 독립운동가분들을 찾는다고 말씀하셨어."

"사실이라면 정말로 억울하겠다."

친일파들의 유언비어와 흑색선전으로 여기저기에서 친일인명사전에 대한 비판이 튀어나왔다.

"이제 막 대한민국이 성장하고 있는 지금, 분열을 할 때가 아니라 화합을 해야 해."

"그렇지."

"차준후가 광복회에 자금을 대 줬다고 하는 것도 헛소

문인 게 틀림없어. 만약 친일인명사전 발간에 도움을 줬으면 지금처럼 가만히 있을 사람이 아니야."

"맞아. 이번 일은 광복회가 너무 의욕만 앞섰어."

광복회의 친일인명사전 발간은 대한민국의 뜨거운 화제가 되었다.

그렇지만 국민들의 지지는 받지 못하는 분위기였다.

친일파를 구분하는 기준이 모호했고, 또 광복 이후 세월이 많이 흘렀다는 것도 커다란 문제였다. 친일파에 대한 기준을 만들려고 해도 사회적인 저항과 반발이 무척 거셌다.

* * *

친일파들은 정부와 국회, 재계, 종교계 등 각계각층에서 저항과 반발을 일으켰다. 계획적으로 움직이지 않았는데 참으로 조직적으로 연결됐다.

살아남기 위한 친일파들의 움직임은 손발이 척척 맞았다.

친일파들이 대한민국의 화합을 방해했고, 대한민국의 아픈 곳을 예리하게 찔러 댔다.

재계에서 가장 적극적으로 움직이고 있는 거물은 화산그룹의 총수인 박홍식이었다.

화산그룹은 박홍식의 지시로 총력을 기울였다. 그동안 축적해 놓은 돈과 인맥을 이용해서 여론을 유리한 방향으로 이끌려고 노력했다.

"여론은 어떤가?"

비서실장에게 묻는 박홍식의 표정에는 여유가 넘쳐 났다.

위기라고 생각했는데, 가뿐하게 넘겼다.

"광복회가 무리수를 뒀다는 의견이 지배적입니다."

"그렇지. 당연한 결과야. 광복 이후 수많은 세월이 흘렀는데, 나와 화산그룹을 단죄한다는 건 말이 안 된다고."

박홍식이 주먹을 불끈 쥐었다.

해냈다. 스카이 포레스트의 어린놈이 수작 부린 걸 박살 내 버렸다.

돈을 잘 벌지는 몰라도, 아직 사회에 대해 잘 모르는 애송이일 뿐이었다.

박정하 대통령을 만나 상당한 정치 자금을 건넸고, 또 언론사에 많은 광고비를 뿌렸다. 덕분에 친일인명사전의 가장 앞에 올랐지만 커다란 문제가 발생하지 않았다.

이번 일로 많은 돈을 잃어버렸지만 괜찮았다. 살아만 남으면 돈이야 얼마든지 벌 수 있었다.

화산그룹은 대한민국에서 10대 기업에 꼽히는 대단한 기업이었다.

"은밀히 차준후에 대해 작업을 하는 건 어떤가?"

박홍식은 자신을 두렵게 만든 차준후를 가만히 내버려 두고 싶지 않았다.

박정하 대통령에게 차준후가 미움을 받고 있는 지금이라면 작업을 할 수도 있어 보였다.

"대통령 때문에 침묵하고 있지만 국민들 절대다수가 차준후를 지지하고 있습니다. 섣불리 작업을 쳤다가 낭패에 처할 수도 있습니다."

"쯧쯧쯧! 차준후를 공격하라는 뜻이 아니라, 스카이 포레스트와의 협력할 방법을 알아보라는 거야. 그 어린놈도 대통령과 척을 지고 이 땅에서 사업을 할 수 있겠어? 대통령에게 잘 보여야 하니까 나와 협력할 가능성도 있어."

"아, 그렇군요!"

비서실장이 감탄했다.

"세상은 화합하면서 지내야 하는 거야. 그것이 일본 놈이든, 아니면 밟고 싶은 어린놈이든 상관없어. 기존에 만들어 뒀던 특수 섬유 사업 계획서를 스카이 포레스트에 보내 봐."

"알겠습니다."

박홍식은 부귀영화를 위해서라면 기꺼이 차준후와 협력할 준비가 되어 있었다.

그는 특수 섬유 시장의 발전이 무척 밝다는 걸 알아차

렸다.

 라이부라와 게불라를 생산하고 있는 스카이 포레스트의 공장에 해외 바이어들이 달러를 들고 대기하고 있다는 소문이 파다했다.

 뛰어들기만 해도 돈이 되는 사업이었다. 화산그룹에도 화학섬유 공장이 있었으니, 스카이 포레스트와 충분히 협력이 가능했다.

 김칫국부터 거세게 마시고 있는 박홍식이었다.

 쾅!

 문이 요란하게 열렸다.

 회의실 문을 이렇게 열고 들어올 수 있는 직원은 회사에 아무도 없었다.

 "박홍식 회장님, 잠깐 같이 가 주셔야겠습니다."

 검은 양복을 입은 네 사람이 안으로 들어섰다.

 양복 상의가 볼록 튀어나와 있는 것이 권총을 휴대하고 있다는 걸 딱 보면 알 수 있었다.

 "어디서 나왔소?"

 "중앙정보부입니다."

 "전화 한 통 할 수 있겠소?"

 심상치 않은 사태에 박홍식이 덜덜 떨면서 물었다.

 눈치 빠른 그였다.

 중앙정보부 요원들이 등장했다는 건 그의 인생에 정말

로 커다란 불상사가 벌어졌다는 뜻이었다. 무소불위의 권력을 가지고 있는 중앙정보부는 아무도 막을 수가 없었다.

"남산에 가셔서 하시면 됩니다. 거기에서 마음껏 전화할 수 있게 해 드리죠."

선글라스는 쓰고 있는 요원이 입매를 비틀면서 웃었다.

재계 친일파의 거목인 박흥식 체포에 성공했다. 그리고 박흥식이 전화로 친하게 지내던 친일파들에게 도움을 청하면, 그들까지 남산으로 불러오게 만들 작정이었다.

"편의를 봐주시면 사례를 톡톡히 하겠소이다. 공무에 바쁜 분들에게 드릴 가방 큰 걸로 가지고 와. 내가 사용하려고 했던 거 말이야."

박흥식이 말하면서 비서실장을 바라보았다.

남산!

절대로 끌려가서는 안 되는 곳이었다.

잘못하면 햇볕을 두 번 다시 보지 못할 수도 있었다.

절대로 남산으로 가고 싶지 않았다. 법을 지켜 가면서 조사하는 중앙정보부가 아니었기에 두려웠다.

중앙정보부의 악명을 박흥식은 잘 알았다.

"네."

비서실장이 비행기를 탈 때나 이용할 만한 거대한 캐리어를 끌고 왔다.

활짝 열린 캐리어 안에는 현금 다발이 수북하게 들어 있었다. 문제가 생겼을 때 사용하려고 숨겨 둔 비사금이었다.

거액의 비자금이 아깝기는 했지만 살아남는 게 먼저였다.

"이거 받으시고, 전화 한 통만 사용하게 해 주시오."

박정하 대통령에게 직접 전화를 걸어 구명을 요청할 작정이었다.

박정하의 손발이나 다름없는 중앙정보부를 피하기 위해서라면 정부에 화산화학의 섬유 공장도 넘길 수 있었다. 경제 발전에 매달리고 있는 박정하가 절대 외면할 수 없는 제안이었다.

"하하하! 이런 거액이라니, 아주 좋네요."

요원이 웃고 있었다.

"편의를 봐줘서 고맙소이다."

박홍식이 전화기를 들어 올렸다. 잔뜩 긴장하고 있는 탓에 손에 들린 전화기가 마구 흔들렸다.

퍽!

둔탁한 소리와 함께 박홍식이 전화기를 떨어뜨렸다.

"크윽! 왜 이러시는가?"

발차기로 팔을 심하게 맞은 박홍식이었다.

"그러니 말로 할 때 좋게 가지 그러셨어요. 매국을 한 것만으로도 큰 죄를 지은 건데, 여기에 뇌물공여죄 추가입니다."

"혹시 대통령의 지시이신가?"

박홍식의 목소리가 마구 떨렸다.

아무리 막 나가는 중앙정보부 요원이라고 해도 재벌인 그를 함부로 구타할 수 있을까?

이건 아주 높은 곳에서 지시와 명령이 떨어졌다는 방증이었다.

"눈치가 비상하시네요. 각하께서 국가와 민족을 배신한 친일파들을 잡아들이라고 하셨습니다."

박홍식은 눈앞이 깜깜해졌다.

'끝났다.'

그동안 박정하와 차준후가 침묵하고 있었던 건 친일파들을 끄집어내기 위함이라는 걸 깨달았다.

박정하를 만나 뇌물을 주면서 잘 봐 달라고 했던 건 호랑이 입에 머리를 들이민 것이었다.

차라리 외국으로 도망을 쳐야만 했다. 일본으로 도망쳤으면 해외은행에 저축해 놓은 비자금으로 떵떵거리면 살 수도 있었을 텐데······.

차준후에게 승리했다면 깝죽거리건 어리석고 멍청한 짓이었다.

차준후의 입김이 들어간 장기판 위에서 놀아났다.

그걸 당하고 나서야 깨달았다.

"끌고 가."

요원들이 박흥식의 양쪽에서 부축해서 끌고 나갔다.

전국에 퍼져 있는 중앙정보부 요원들이 친일파들을 잡기 위해 모두 같은 시간에 움직였다. 각지에서 잡힌 친일파 거물들이 굴비 엮이듯 남산으로 끌려 들어왔다.

비밀리에 진행된 친일파 체포 작전이었다.

죄목이 다소 약한 사람들은 구치소나 감옥으로 수감됐다.

원래 감옥에 수감되려면 재판을 거쳐야 하지만 중앙정보부가 초법적으로 움직이고 있었다. 이런 쪽에 특화되어 있는 기관이었고, 친일파들을 잡아들이면서 그것을 여실히 보여 줬다.

"대체 왜 이러십니까? 중앙정보부에서 회장님을 왜 끌고 가는 겁니까?"

안색이 창백해진 비서실장이 나섰다.

이대로 박흥식이 끌려가게 돼서는 곤란했다. 박흥식이 없으면 화산그룹은 한 달도 버티기 힘들었다.

경리과가 있지만 회사 자금 지출을 박흥식이 하고 있었다. 남을 믿지 못하는 박흥식이었다.

그리고 회사가 무너지면 비서실장인 그의 자리도 사라진다. 이대로 실업자가 될 수는 없었다.

"아직도 분위기 파악 안 돼? 친일파라서 잡아들이는 거잖아. 뻔히 알면서 왜 물어보는 거야?"

"그래도 구속 영장이 있어야……."

"우리가 누구인지 몰라? 중앙정보부는 구속 영장 따위 없어도 체포가 가능해. 그리고 대통령령으로 반민특위가 긴급하게 만들어졌어. 친일파들을 조지는 건 합법이란 이야기지."

"반민특위……."

반민족특별조사위원회!

약칭 반민특위는 일본에 적극적으로 협조하는 자를 조사하고 처벌하기 위해 만들어진 특별위원회이다. 1년도 못 되어 해산되어 역사 속으로 사라진 반민특위가 새롭게 부활했다.

동족을 수탈하고 일본에 협력하던 친일파들에게 큰일이 벌어지고 말았다.

뒤늦게 체포 소식을 접한 친일파들 가운데 일부는 살아남기 위해 김포공항으로 달려갔다.

"당장 비행기표를 내놔."

"고객님, 어디로 가시겠습니까?"

"가장 빨리 공항에서 뜨는 비행기면 돼."

"미국으로 가는 비행기가 있기는 하지만 만석입니다. 좌석이 있는 가장 빠른 비행기는 홍콩으로 가는 겁니다. 이걸로 예약을 도와드릴까요?"

"이봐! 돈을 몇 배로 줄 테니까, 미국행 비행기표를 내놔."

"만석이라 불가능합니다."

"닥쳐! 내가 누군지 몰라? 내가 서울경찰청 수사차장이야. 미국으로 급하게 갈 일이 있으니까, 다른 사람 비행기표라도 내놓으라고."

경찰 고위 인사인 중년인이 공항 여직원을 윽박질렀다.

친일 활동을 했던 경찰들은 광복 이후에도 경찰 조직에 고스란히 남아 있었다.

친일파 경찰들은 과거 반민특위 활동 때 거세게 저항했고, 자신들을 조사하는 정치인과 기관을 간첩으로 몰기도 했다.

그러나 이번에는 그런 방법으로 사태를 빠져나갈 수 없었다.

무소불위의 권력을 휘두르는 중앙정보부 앞에서 같잖은 수작은 소용이 없었고, 친일파 경찰들은 마구잡이로 잡혀 들어갔다.

"당신이 가야 할 곳은 미국이 아니라 남산입니다."

건장한 체격의 사내들이 서울경찰청 수사차장 옆에 등장했다.

김포공항에는 이미 중앙정보부 요원들이 쫙 깔린 상태였다. 해외로 출국하려는 친일파들을 잡기 위해 공항과 항구 등도 감시를 하고 있었다.

"헉! 당신들! 이거 큰 실수를 하는 거야. 내 뒤에 누가 있는 줄 알아?"

"무섭네요. 뒤에 있다는 그 사람 이야기가 무척 흥미롭네요. 그건 남산 가서 이야기합시다. 우리 뒤에는 대통령과 국민들이 있어요."

"내 전화 한 통이면 당신들 옷을 벗어야 할 수도 있어."

"옷이 벗겨질 건 당신이야. 공공장소인 공항에서 시끄럽게 떠들면 안 되죠. 조용히 갈래요? 아니면 맞고서 개처럼 끌려갈래요?"

중앙정보부 요원들의 눈초리가 살벌해졌다.

이제부터는 말로 하지 않고 개처럼 패겠다는 의지가 아주 강해 보였다. 계속 뻗대다가는 많은 사람들이 지켜보는 공항에서 두들겨 맞을 수 있었다.

"……조용히 따라가겠다."

수사차장이 결국 자존심을 굽혔다.

"어디서 반말이야. 아직도 네놈이 고위 관료인 줄 알아? 네놈은 진즉에 직위 해제됐어. 눈 깔아라, 이 친일파 새끼야!"

퍽!

덩치 큰 중앙정보부 요원이 수사차장의 가슴을 가격했다.

자신만의 길

수사차장이 답답한 신음 소리를 내면서 주저앉았다.
"커억!"
망연자실한 수사차장의 얼굴에 두려움이 가득 넘쳤다.
인정사정 보지 않고 행동하는 중앙정보부 요원들이었다.
"선일아, 살살 패라. 그러다 숨넘어간다. 팰 때 패더라도 저놈에게서 알아내야 할 것들이 많아."
"친일파라 생각하니 피가 거꾸로 치솟아서 그만 혈기를 주체하지 못했습니다."
"체포 과정에서 자연스레 벌어질 수 있는 일이지. 충분히 이해는 하는데, 공항이라 외국인들이 많이 지켜보잖냐. 남산에 가서 잘 타일러 보자."
요원들을 이끌고 있는 중앙정보부의 책임자는 체포 과

정에서 벌어지는 폭력을 용인하고 있었다.

친일파들에게 존중해 줄 인권 따위는 없었다.

만약 경찰에게 잡혔다면 그나마 친일파들이 법에 호소라도 할 수 있었다. 그러나 중앙정보부 요원들에게는 법도 통하지 않았다.

김포공항 여기저기에서 도망치거나 저항하다가 중앙정보부 요원들에게 거칠게 제압당하는 친일파들이 보였다.

갑작스러운 사태에 김포공항이 소란스러워졌다.

"대체 무슨 일이야? 휴전국이라고 하더니 전쟁이라도 터진 거야?"

"불안해서 이 나라에 못 있겠다. 다시 돌아가자."

"난 스카이 포레스트 화장품 사서 돌아갈 거야. 친구들 화장품까지 구매해서 돌아가겠다고 돈 받아 왔다고."

해외에서 들어오던 외국인들이 친일파 체포 작전에 화들짝 놀랐다. 그들 가운데 일부는 다시금 비행기를 타고 돌아가려고 했다.

그때였다. 공항에 있는 텔레비전에 박정하 대통령이 모습을 드러냈다.

「국민 여러분! 오늘부로 반민족행위특별조사 위원회가 전격적으로 부활했고, 반민족 행위 처벌법이 새롭게 만들어졌습니다.

저는 일제강점기 친일파의 반민족 행위를 조사하고 처벌하기 위해 분연히 일어섰습니다. 광복 후 반민족 행위자들에게 대한 심판과 처벌을 시도했지만 안타깝게도 이뤄지지 않았습니다.

이는 대한민국 역사에 있어 두고두고 아쉬운 일입니다. 이전 정권들의 소극적 태도로 하지 못했던 심판과 처벌을 이번 정권이 해내겠습니다.

친일파들을 발본색원하는 과정에서 다소의 혼란이 일어날 수 있겠지만, 아름답고 깨끗한 대한민국이 되는 날까지 정부가 노력하겠습니다.

친일파 척결과 재산 환수 과정에서 발생할 수 있는 경제적 혼란은 차준후 대표가 도움을 주겠다고 약속하였습니다. 이 자리를 빌려 감사의 말을 전합니다.

국민 여러분께서는 정부와 대통령, 차준후 대표를 믿고 생업에 종사해 주십시오.」

대통령 특별 담화가 텔레비전에서 흘러나오고 있었다.

이번 친일파 척결이 박정하 정권의 단독적인 행동이 아니라 차준후와 함께한다는 걸 담화를 통해 강조했다.

김포공항이 안정을 되찾았다.

"프랑스처럼 잘못된 과거는 깨끗하게 청산해야죠."

"민족을 배신한 자들은 과감히 심판하고 단죄하는 게

옳아요. 잘하는 겁니다."

"자신의 배만 불리려고 한 민족 수탈자들은 평생 사회에서 격리시켜야 해."

"프랑스에서는 과거사 청산에서 만 명이 넘게 처형당했는데, 여기서도 그렇게 될까?"

"민족 반역자들은 죽어도 싸. 살 가치가 없는 자들이야."

황급히 출국하려던 외국인들도 친일파 청산이라는 이야기를 듣고서 이해를 하였다.

프랑스는 나치 독일에 굴복하여 지냈던 세월의 과거사를 과감히 처리하였다. 자세하게 들여다보면 여러 문제들이 있지만 시원하게 쓸어버렸다는 평가가 많았다.

그에 반해 대한민국은 무려 35년이나 식민지 시대를 보내고도 청산을 하지 못했다. 마치 아무것도 없던 일처럼 넘어갔다.

독립운동가들은 못 살고 못 먹는데, 친일파들은 잘 먹고 잘사는 대한민국이었다.

그런데 이제 그런 상황이 송두리째 바뀌어 버렸다.

공항을 이용하고 있던 한국인들이 텔레비전이 주위에 잔뜩 몰려 있었다. 박정하가 특별 담화를 마치고 사라진 뒤에도 텔레비전에서는 이번 친일파 청산에 대한 이야기가 계속해서 흘러나왔다.

"이야! 친일파 척결에 차준후도 나섰네."

"내가 말했지. 광복회 친일인명사전 발간에 차준후 대표가 도움을 줬다고 했잖아."

"차준후가 조용히 있길래 헛소문인 줄 알았지."

"큰 그림을 그리고 있던 거야. 한꺼번에 잡아들이려던 거라고."

"정말 잘했다. 독버섯과 같은 친일파 놈들을 뿌리를 뽑아야 해."

"대한민국을 좀먹는 놈들이지."

"이번에도 차준후 대표가 대한민국에 큰 도움을 주는구나."

"대한민국에 참으로 큰 인물이 나왔어. 차준후가 하는 걸 지켜보면 속이 다 시원하다니까."

특별 담화를 지켜본 공항 사람들의 반응은 호의적이었다.

* * *

차준후는 텔레비전에 나오지도 않았는데 박정하보다 더욱 부각되는 모습이었다. 친일파 척결의 중심에 차준후가 있다는 걸 국민들이 알아차렸기 때문이었다.

대표실에서 올라온 서류를 살펴보고 있던 차준후를 문상진이 찾아왔다.

"제가 만났던 자들 가운데 친일파들이 상당히 많더군

요. 좋은 사람들이라고 생각했는데, 알고 보니 속에 시커먼 뱀이 셀 수 없이 많이 있었습니다."

문상진이 혀를 내둘렀다.

친일파들은 여러 요직을 차지하고 있었고, 큰 세력을 형성하고 있는 상태였다. 사업을 크게 하다 보면 만날 수밖에 없었다.

차준후 대신에 대한민국의 많은 권력자들을 만나고 다닌 문상진이었다. 그들과 식사를 하고 술도 마시면서 사석에서 형님, 동생처럼 지내기도 했다.

그런 권력자들 가운데 일부가 친일파로 잡혀 들면서 세간을 떠들썩하게 만들었다. 친일파라는 걸 알았다면 거리를 뒀겠지만 전혀 몰랐다.

"친일파들이 권력층 곳곳에 스며들어 있습니다. 이들을 찾아내 처벌하는 데 많은 노력이 필요합니다."

친일파들을 모조리 잡아낸다고 생각하는 건 세상을 너무 쉽게 보는 것이었다. 권력을 잡고 있는 사회 지도층에 부패한 친일파들 천지였다.

윗물이 맑아야 아랫물이 맑은 법이다. 친일파들이 득세하는 세상에서 대한민국이 깨끗해질 리 만무했다.

"대표님께서 참으로 잘 나섰습니다. 대표님이 아니라면 지금처럼 대대적인 친일파 척결이 어려웠겠죠. 그리고 거물 친일파들을 잡아내는 건 불가능했을 겁니다."

맞는 말이었다.

친일파들의 저항과 반발을 찍어 누를 정도로 대단한 영향력을 행사하는 차준후가 있기에 가능한 일이었다.

만약 회귀 초기에 어설프게 친일파 청산을 시도했다면 문제가 발생하고도 남았다. 오히려 스카이 포레스트가 지금처럼 성장하지 못했을지도 몰랐다.

"잡는 과정에서 여러 가지 문제들이 발생하고 있다고 들었습니다."

"미군 용산 기지로 달려간 친일파가 있고, 외국 대사관에 숨어들어서 망명을 신청한 놈들도 있었습니다."

"몸을 피한 놈들이 있습니까?"

"전 세계에서 대표님의 눈치를 살피는데 가능할 리가 없지요. 오히려 잡아서 중앙정보부에 인계를 하고 있는 실정입니다. 친일파 놈들이 밀항하지 않는 한 해외로 도망을 치는 건 불가능합니다."

대한민국에 있는 미군 부대와 대사관들은 차준후와 친밀한 관계를 유지하려 애쓰고 있었다. 친일파를 받아 줬다가 차준후와 멀어지는 선택을 할 리가 만무했다.

"친일파들이 독립운동가 집안의 재산을 빼앗은 경우도 있더군요. 강제로 재산을 빼앗긴 독립운동가 집안의 억울함을 풀어 주세요."

빼앗긴 집안 재산이 있는지도 모르는 독립운동가의 후

자신만의 길 〈253〉

손들도 많았다.

그리고 설령 그 사실을 알고 있다 해도 친일파들은 빼앗은 게 아니라 합법적으로 받은 것이라며 오리발을 내밀었다.

재산을 돌려받으려면 재판을 진행하는 수밖에 없었는데 이마저도 승소하기가 쉽지 않았다.

아무래도 재산 내역을 제대로 명문화해 두지 않은 경우가 많은 탓에, 본래 누구의 재산이었는지 입증하는 게 어렵기 때문이었다.

실제로 소송을 걸었다가 억울하게 패소한 경우도 왕왕 있었다.

"천인공노할 놈들입니다. 그런 놈들은 그냥 둬서는 안 되죠."

문상진이 이를 갈면서 분노를 토해 냈다.

"세월이 너무 많이 흘러서 기록으로 남아 있지 않은 경우가 많아 많은 어려움을 겪고 있을 겁니다. 돈은 얼마가 들어도 상관없으니 독립운동가의 후손들이 억울한 일을 겪지 않도록 최선을 다해 지원해 주세요."

차준후는 독립운동가의 후손들을 최대한 지원할 작정이었다.

귀찮고 번거로운 일을 싫어하는 그였지만 이건 직접 챙기려고 했다. 꾸준하게 관심을 가지고 많은 인력과 자금을 투입할 생각이었다.

온갖 악행을 저지른 친일파를 척결하는 일도 중요하지만, 억울한 피해자들을 구제하는 일에 더욱 신경을 쓸 필요가 있었다.

독립운동가 집안은 그 누구보다 존중받고, 잘살아야 했다. 국가와 민족을 위해 한 몸을 희생한 독립운동가 집안보다 국가와 민족을 팔아넘긴 친일파들이 더 잘사는 꼴은 도저히 보고 넘길 수 없었다.

"국내 경제의 흐름은 어떻습니까?"

차준후가 물었다.

친일파들이 대한민국의 높은 자리를 한 자리씩 차지하고 있던 탓에, 이들을 척결하는 과정에서 대한민국의 경제에 악영향을 끼칠 가능성도 없지 않았다.

만약 이들을 척결한 것이 영향을 주어 대한민국 경제가 뒤흔들리고, 실업자들이 늘어난다면 국민 여론은 돌아설지도 몰랐다.

이러니저러니 해도 결국 사람들에게 중요한 건 당장 하루하루 먹고사는 문제였다. 아무리 친일파 문제를 청산하는 것이 중요하다지만 그것도 입에 풀칠을 할 때 이야기였다.

"경기에는 아무 영향도 없습니다. 오히려 여전히 성장하는 추세를 보이고 있습니다. 대표님이 지시하신 대로 문제가 생길 수 있는 기업들을 아낌 없이 지원한 덕분입니다."

혹시를 모를 사태를 예견한 차준후는 미리 문상진에게 지시를 내려 두었다.

덕분에 문상진은 그저 시키는 일만 처리하면 됐기에 무척이나 편했다. 일을 안 하려고 해서 문제지, 작정하고 나서면 누구보다 일 처리가 깔끔한 차준후였다.

친일파들이 대거 체포되며 생긴 빈자리에도 불구하고 대한민국 경제는 씽씽 잘 돌아갔다. 친일파들이 사라지며 생긴 빈자리를 스카이 포레스트가 든든하게 채워졌다.

친일파들의 모든 역량을 모아도 스카이 포레스트에는 미치지 못했던 것이다.

"경기가 무너지면 여론이 언제라도 바뀔 수 있습니다. 그리고 그 틈을 친일파들이 치고 들어올 겁니다."

"모든 역량을 집중해서 살펴보고 있습니다. 심려하지 않으셔도 됩니다."

"다시 한번 말씀드리지만 비용을 아끼지 마세요."

차준후의 통 큰 면모가 여실히 드러났다.

할 때 확실하게 해야 한다. 이왕에 칼을 뽑았으니 제대로 마무리를 하는 편이 좋았다.

이번 기회에 친일파들을 철저하게 무너뜨릴 거다.

조국과 민족을 배신한 사람들이 어떤 말로를 겪는지 모

두에게 보여 줄 작정이었다. 그리고 직접 봐야지 속이 풀렸다.

일반적인 기업이라면 손실이 컸겠지만 스카이 포레스트에게 있어서는 대수롭지 않은 지출이었다.

본격적으로 차준후가 등장하자마자 친일파들의 저항과 반발이 잦아들었다. 그럴 수밖에 없는 것이 그들의 변명이 전혀 통하지 않았기 때문이었다.

국민들의 절대적인 지지를 받는 차준후는 친일파들에게 재앙 그 자체였다.

친일파들의 재산 환수가 속속 이뤄졌다. 민족을 배신하여 축적한 친일파들의 재산이 국고로 환수되었는데, 그 금액이 엄청났다.

"덕분에 생각보다 저희 지출이 크게 발생하고 있진 않습니다."

국고로 환수된 친일파들의 재산은 다시 체포된 친일파들 때문에 생긴 문제들을 해결하는 데 쓰이고 있었다. 그 덕분에 스카이 포레스트에서 지원하는 비용들은 그리 많지 않았다.

"그래요?"

스카이 포레스트에서 지출되는 비용은 보고서로 올라오고 있었지만, 아끼지 않기로 마음먹은 탓에 그다지 신경 쓰지 않고 있었다.

"그리고 친일파 사업가들이 사업을 아주 잘했더군요. 제법 많은 기업이 알짜배기입니다. 우리 회사로 가져오면 어떨까 싶은 장래성 좋은 사업체도 있었습니다."

"여기에서 일을 더 늘리고 싶다는 겁니까?"

"그건 절대 아닙니다."

"그 사업체들을 인수하겠다는 기업들이 없으면 그때 나서세요. 진짜 좋은 사업이라면 처음부터 사직해도 됩니다."

"알겠습니다."

차준후는 이제 사업 확장을 할 때 조금 더 신중해야 한다고 생각했다.

이는 단순히 다른 국내 기업들을 배려하기 위해서가 아닌, 스카이 포레스트를 위한 일이기도 했다.

지나친 사업 다각화는 사업체가 많아지는 만큼 자연스레 리스크가 많아질 수밖에 없다.

차준후가 모든 계열사를 들여다보며 완벽하게 관리할 수 없는 이상, 어디에서 문제가 터질지 알 수 없게 되는 것이다.

계열사가 너무 많아진 지금은 운영 시스템을 탄탄하게 구축하며 리스크 관리에 신경 쓸 때였다. 그것이 문제가 없다고 판단될 때 비로소 다시 확장을 염두에 두어도 괜찮다고 생각했다.

"궁금한 것이 있습니다."

"편하게 말하세요. 뭘 그렇게 정색하고 물어봅니까?"

"혹시 정계에 진출하실 생각이십니까?"

"정치요?"

뜬금없는 질문에 차준후가 눈을 동그랗게 떴다.

정치라면 신물이 났다. 회귀 이후 정계와 연이 닿지 않기 위해 거리를 뒀다.

정치인들과의 만남을 극구 피해 왔다. 어쩔 수 없이 만나야만 하면 문상진을 보냈다.

"대표님이 정치를 싫어하는 건 알고 있습니다. 그런데 하시는 일들이 하나같이 대한민국을 들썩거리게 만들잖습니까. 어느 사업가가 공업단지를 만들고, 고속도로를 전국에 깔아요? 그리고 친일파 척결을 위해 지금처럼 돈을 쏟아붓습니까?"

문상진은 차준후가 큰 그림을 그리는 것이 아닌지 의심스러웠다.

최측근으로서 차준후의 진정한 속내를 알아야만 했다.

그래야 준비를 하지 않겠는가.

"……그렇게 오해할 수도 있겠네요."

잠시 침묵하던 차준후가 입을 열었다.

충분히 오해할 만했다. 스스로 생각해도 너무 과한 행동이 많았다.

기간 산업에 기업의 이익을 따지지 않고 달려들었다. 남들이 보면 미친 짓이라고 해도 할 말이 없는 일이었다.

"대통령이 되고 싶으십니까? 저도 미리 준비를 해야 할 것 같아서 물어보는 겁니다."

문상진이 둘만 있는데 무슨 비밀을 말하는 것처럼 목소리를 낮춰 가면서 물었다.

차준후를 대통령으로 만들기!

막말로 지금 차기 대통령 선거에 후보로 나서면?

당선 가능성이 높았다.

대단한 역량을 가진 차준후가 최고 자리에 올라 대한민국을 이끌어 가야 하는 게 아닐까?

지금만 해도 대한민국을 들어다 놨다 하는 차준후인데, 대통령 자리에 오른다면 더욱 대단할 게 분명했다. 생각만 해도 몸에 힘이 들어갔다.

"푸핫! 대통령이 될 생각은 추호도 없습니다."

너무 황당한 이야기라 웃음이 터져 나왔다.

차준후가 딱 선을 그었다.

"정말요?"

"지금만 해도 귀찮고 번거롭습니다. 대통령이 되면 제 명에 못 살 것 같아서 싫습니다."

"대표님답네요."

문상진이 곧바로 이해했다.

남들은 하지 못해서 안달인 대한민국 최고의 자리를 일 많아서 싫다고 하는 차준후였다.

"그리고 제가 대통령이 아니라고 해도 대한민국에서 못할 일이 없다고 생각하는데요. 구태여 대통령이 될 필요가 있을까요?"

"그 사실은 부정할 수 없네요."

대한민국의 모든 사업가들보다 돈이 많았고, 모든 정치인들을 모아도 차준후에 대한 지지를 따라잡지 못했다.

대한민국에서 하고 싶은 걸 다 할 수 있었다. 이제는 그 누구도 차준후가 마음먹고 하는 일을 막지 못했다.

서슬 퍼런 박정하마저 차준후 앞에서 고집을 꺾는 사태가 얼마 전에 벌어졌다.

"그렇다면 왜 그렇게 많은 일들을 벌이시는 겁니까?"

문상진이 물었다.

그동안 참으로 물어보고 싶었다. 차준후의 밑에서 많은 뒤치다꺼리를 하고 있었지만 이해가 안 갈 때가 적지 않았다.

"이유가 있어야 합니까? 그냥 하고 싶어서 했습니다."

차준후가 웃으며 이야기했다.

생각해 보니 웃겼다.

회귀하고 나서 딱히 대단한 목표가 없었다.

분한 마음에 오대양이 차지해야 할 것들을 미리 선점

하기는 했지만, 이건 제대로 된 복수가 아니었다. 복수를 할 대상도 없었고, 자신이 태어나기도 전의 시대로 날아왔기에 아는 지인들도 없었다.

 부모를 찾아가지도 못했다. 고아여서 몰랐다.

 물론 안다고 해도 찾지 않았을 거다. 고아원에서의 삶은 여전히 그를 짓누르고 있었다.

 어쨌든 그냥 모든 인연이 딱 끊겨 버렸다.

 회귀하면 마냥 다 좋을 것 같지?

 임준후로 회귀했으면 그나마 살판났을 것 같기도 했다.

 그러나 1960년대 차준후로의 회귀는 좋은 것도 있었지만, 그냥 솔직히 미쳐 버릴 것만 같았다. 이건 과거로 돌아와도 너무 많이 와 버렸다.

 다행히 미치지 않고 개인적으로 잘 먹고 살려고 했는데, 가난하고 어려운 대한민국이 눈에 들어왔을 뿐이었다. 홀로 잘살기 그렇기에 대한민국까지 영역을 넓혔을 뿐이었다.

 그게 다였다.

 "……그냥이라고요?"

 문상진은 전신에서 힘이 쫙 빠졌다. 솔직히 납득하기 어려운 답이었다.

 그런데 실실 웃고 있는 차준후를 보고 있자니 또 어울렸다.

"복잡하게 생각하면 한도 끝도 없습니다. 그냥 하고 싶으니까 하는 겁니다. 제한받는 삶은 지긋지긋하니까요."

차준후는 자신만의 길을 찾았다.

자유로운 삶!

참으로 단순한 차준후였다.

인생 복잡하게 살 필요 뭐 있나?

구속되어 살아가는 건 힘이 없기 때문이다.

힘을 가졌기에 먹고 싶으면 먹고, 퇴근하고 싶으면 퇴근하고, 하고 싶으면 했다.

사람들은 그의 행보를 두고 여러 의미를 두려고 했지만 정말로 이게 다였다.

세계를 쥐락펴락하는 대단한 천재 차준후로 가볍고 편안하게 살았다. 차준후는 골치 아픈 일과는 거리를 두고 편하고 쉽게 살아가고 있었다.

'언제 제한을 받았다고 그래요? 성격 까칠한 대표님보다 편안하게 살아가는 사람이 누가 있어요?'

얼떨떨한 표정의 문상진은 할 말이 많았지만 입을 꾹 닫았다.

제한을 주면 줬지, 받는 차준후가 절대 아니었다.

그리고 기분 나쁘면 대놓고 들이받아 버렸다.

저 까칠한 성격이 소문났기에 이제 덤벼드는 사람이나 기업, 국가들도 사라지는 추세였다.

자신만의 길 〈263〉

전전긍긍하고 있는 일본 정부가 어떻게 차준후의 불편한 심기를 다독거려야 하는지 고민하고 있었다. 몇 번이나 접근을 시도했지만 친일파 문제로 인해 요 근래 쏙 들어갔다.

저 뺀질거리는 대표에게 사실을 알려 주고 싶었지만 누가 뭐라고 해도 월급을 주는 대표님이었다. 편해지기는 했지만 그래도 눈치를 봐야만 했다.

천재이면서 잘나가는 대표이기에 저렇게 말할 수 있는 것이었다.

더럽고 치사하면 성공해야지.

그런데 문상진의 성공적인 삶은 차준후의 옆에 있을 때 완성됐다.

"대표님의 말을 잘 알아듣겠습니다."

홀가분해진 문상진이었다.

높은 포부와 이상을 가지고 있지 않아서 살짝 실망을 했지만 지금의 차준후가 좋았다.

무엇보다 겉과 속이 다르지 않았다. 그렇기에 죽을 때까지 믿고 따를 수 있었다.

정년퇴직 전까지 스카이 포레스트에 뼈를 묻을 각오였다.

게다가 사표를 냈다가는 집에서 쫓겨날 터였다. 참으로 많은 고생을 시켰던 부인이 은인인 차준후 옆에 꼭 붙어 있으라고 이야기했었다.

그 역시 같은 마음이었다.

* * *

온갖 악행을 저지른 친일파 사업가들의 기업들은 매각이 이뤄졌다.

대표적인 친일파 사업가 기업인 화산그룹이 산산조각이 났지만 직원들은 모두 재고용됐다. 화산화학섬유는 샛별에서 인수하였고, 기타 계열사와 공장들은 성삼과 대현 등이 흡수하였다.

화산화학섬유 공장에서 직원들이 대화를 나누고 있었다.

"샛별에서 인수하지 않았으면 스카이 포레스트가 나섰을지도 모르는데 아쉽다."

"그렇기는 한데 스카이 포레스트와 협력을 맺고 있잖아. 다른 기업들보다는 샛별이 괜찮다고. 성삼에서도 우리 기업을 인수하려고 욕심냈다고 하더라."

쟁탈전이 벌어졌었다.

성삼에서 차지하면 기존의 섬유 공장과 시너지 효과를 내는 것이 가능했다. 성삼이 가장 유력한 인수 후보였지만 결국 승자는 샛별이었다.

사석에서 성삼보다 샛별이 가져갔으면 좋겠다는 차준

후의 말 한마디가 전해진 여파였다. 샛별의 빠른 성장을 기대하고 있는 차준후로 인해 승자가 결정됐다.

성삼의 이철병이 억울할 수도 있는 일이었지만 어떠한 불만도 내비치지 않았다. 차준후에게 밉보였다가는 큰일이 벌어질 수도 있었다.

이철병은 절대 차준후의 심기를 어지럽히지 말라고 집안과 그룹에 엄중한 지시를 내려 뒀다.

"샛별 조재홍 사장님이 차준후 대표님과 친하다고 했어."

"난 잘 바뀌었다고 생각해. 근무 환경과 월급 등 모든 것이 좋아졌잖아."

화산화학섬유 공장의 근무 여건이 단숨에 좋아졌다.

화학섬유 공장을 짓고 있던 샛별은 화산화학섬유를 인수하면서 곧바로 생산에 들어갈 기반을 마련했다.

10대 재벌에 속하던 화산그룹은 알짜배기 기업들이 많았다. 이익에 민감한 친일파들답게 거의 모든 기업들이 흑자를 내고 있었고, 이는 다른 대한민국 기업들의 먹잇감이 되기에 충분했다.

중앙정보부를 적극적으로 활용하고 있는 박정하가 친일파들에게 숨 돌릴 틈을 주지 않았다. 기습적으로 움직여서 상대를 무너뜨리는 데 있어 아주 탁월한 재능을 아낌없이 보여 줬다.

"숨겨 놓은 친일파 재산을 신고하면 엄청난 포상금을

받을 수 있어."

"어! 내가 아는 친일파 놈이 친척 명의로 서울 땅을 가지고 있어."

"다른 사람이 먼저 신고하기 전에 빨리 경찰서에 전화해. 신고 전화가 국가에 보탬이 되면서 동시에 가정을 풍족하게 만드는 거다."

"친일파는 척결해야지. 알려 줘서 고마워. 포상금이 나오면 네게도 조금 줄게."

"주변에 다른 친일파들이 있는지 찾아보자."

꽁꽁 숨어 있는 친일파들에 대한 신고 보상금까지 정부가 내걸었다. 은닉해 놓은 친일파 재산을 신고하면 포상금을 지급하였다.

돈이면 귀신도 부릴 수 있다고 했다.

신고 보상금과 포상금이 나오자, 친일파들에 신고가 빗발쳤다. 친일파가 아닌 악의적인 신고가 있는 등의 사소한 여러 부작용도 있었지만 전체적으로 별다른 문제없이 진행됐다.

탐욕스러운 친일파들이 그동안 축적해 놓은 재산은 엄청났다.

민족과 국가를 팔아먹으면서 쌓은 재산들이 다시금 원주인에게 돌아가는 과정이 일어났다.

국가는 친일파들의 재산을 환수하면서 부족한 곳간을

채웠고, 기업들은 친일파 사업체들을 흡수하면서 이득을 노렸고, 국민들은 친일파 척결을 지켜보면서 통쾌함을 느꼈다.

대한민국이 혼란스럽고 어지러우면서 망할 거라는 친일파들의 변명은 허울뿐이었다. 오히려 대한민국의 경제와 사회 기반이 깨끗해지고 탄탄해졌다.

친일파들을 제외하고는 모두가 만족스러웠다.

친일파들을 발본색원하면서 대한민국 경제의 틀이 새롭게 만들어져 갔다.

줄기세포 화장품

모든 일에는 원인과 결과가 있다.

스카이 포레스트에서는 케불라를 생산하게 되면서 SF 패션에는 새로운 공장이 하나 들어서게 됐다.

바로 케불라 원단을 이용해서 방탄복을 만드는 공장이었다. 케불라 원단에는 일반 재봉기로는 바늘이 꽂히지 않아서 특별 제작한 설비가 필요했다.

이 공장이 각 부문의 마지막 점검을 마치고 마침내 시운전에 들어갔다. 사업의 규모가 커지면서 더욱 많은 인력을 채용한 SF 패션이었다.

이들은 바로 방탄복 제작 1기생들이었다.

처음으로 나올 케불라 방탄복을 많은 사람들이 숨을 죽이며 기다렸다. 차준후가 이 자리에 참석했고, 박정하와 여러 군인들이 함께 공장을 찾아왔다.

"드디어 케불라 방탄복이 나오는군요. 참으로 기대가 됩니다."

국내 공장 시찰이라는 명목으로 찾아온 박정하였다. 원래부터 군 출신이었고, 이런 분야에 관심이 많은 사람이었다.

대한민국 군대에 납품될 방탄복이기에 군인들의 관심이 클 수밖에 없었다.

"저도 기대하고 있습니다."

차준후는 이 케불라를 만들면서 군대에 납품하기로 마음을 먹어 뒀다. 앞으로 있을 베트남전에서 군인들의 목숨을 보호해 줄 방탄복이었기 때문이다.

"미군에서 시험해 본 결과, 놀라운 결과가 나왔다고 하더군요. 섬유로 만들었는데 철판을 덧댄 방탄복을 뛰어넘는 효과라니! 정말 놀랍습니다."

미군이 입는 보통의 방탄복들은 권총탄을 막을 수 있는 등급이었다. 철갑탄을 막을 수 있는 등급의 방탄복도 있지만 엄청 무겁다. 두꺼운 철판을 방탄복에 집어넣어야 해서 무거울 수밖에 없었다.

그런데 케불라로 만든 방탄복은 가벼운데도 불구하고 철갑탄을 거뜬히 막아 냈다.

"케불라 방탄복의 성능은 대단하지요. 저도 이번에 들

고서 알았습니다."

차준후도 미국 듀퐁사에서 전해 온, 미 육군의 실험모고서를 통해 케블라 방탄복의 성능을 알게 됐다.

실험 보고서에는 케블라를 얼마나 사용하고, 어떻게 방직과 가공을 하느냐에 따라 달라지는 내용들이 상세하게 적혀 있었다.

이런 자세한 부분까지는 차준후도 알지 못했기에 모든 것이 새로웠다.

이건 혁신이었다.

"처음으로 만든 케블라 방탄복입니다. 대표님, 입어 보시죠."

공장장이 검은색 방탄복을 들고서 차준후에게 다가왔다.

그때였다.

"혹시 제가 먼저 입어 봐도 되겠습니까?"

박정하가 기대 어린 표정을 짓고 있었다.

케블라 방탄복에 대한 기대가 너무 컸던 그는 한시라도 빨리 케블라 방탄복을 입어 보고 싶었다.

그 모습에 차준후는 피식 웃으며 흔쾌히 허락했다.

"예, 그러세요."

딱히 이런 일에 연연하지 않는 차준후였다.

"감사합니다. 이야…… 피부에 닿는 느낌이 일상복과 별 차이가 없습니다. 기존의 방탄복과 비교하면 정말로 가볍네요."

 방탄복을 걸친 박정하가 환하게 웃었다.

 "국력과 연결되는 이런 사업이 바로 애국적 사업이죠. 심지어 이 케블라 방탄복을 국군에 저렴하게 납품해 준다고 하니 정말 눈물이 날 정도입니다."

 위협적인 북한군 때문에 고심이 많은 박정하였다.

 나노 징크옥사이드로 만든 폭탄 등을 통해 국군의 화력을 올렸고, 이제는 케블라 방탄복을 통해 군인들의 생명을 보호할 수 있게 됐다.

 공방에서 차준후의 도움을 받은 것이다.

 듀퐁이 미군에 납품하는 케블라 방탄복의 가격은 그야말로 사악하다는 말이 절로 나온다. 그 가격 그대로 대한민국 군대에 납품하면 국방비가 삽시간이 쪼그라들 수밖에 없었다.

 "케블라 원가에 인건비만 조금 보태서 납품하는 겁니다."

 "알고 있습니다."

 "단, 케블라 방탄복 10만 개까지만 원가에 납품하겠습니다. 그 이상은 안 됩니다."

 "10만 개면 충분한 물량이죠. 그런데 그렇게 하면 스카이 포레스트에서 너무 큰 손해를 보는 거 아닙니까?"

 좋아 죽을 것 같은 표정이면서도 우려하는 박정하였다.

 "이 정도 물량 정도는 납품해야 제가 마음이 편합니다."

차준후는 앞으로 있을 베트남전을 대비하고 있었다. 10만 명 분량의 방탄복이면 베트남전에 참전하는 군인늘의 생명을 보호할 수 있을 것이었다.

역사가 바뀌어서 대한민국이 베트남전에 참전하지 않을지도 모르지만, 그래도 미리 준비하는 게 옳았다.

"역시 애국자이십니다. 납품하는 방탄복들을 최전선에서 고생하고 있는 군인들과 특수부대에 공급하겠습니다. 지속적으로 도발하고 있는 북한군 때문에 걱정이 많았는데 한시름 내려놓게 됐습니다. 혹시 도움이 필요한 일은 없습니까?"

"딱히 없네요."

생각할 것도 없이 차준후가 가볍게 대답했다.

이미 정부 기관은 스카이 포레스트에서 진행하는 사업에 전폭적인 협조를 해 주고 있었고, 또 국내외로 협력사들과의 관계도 원활했다.

그럼에도 사업 규모가 워낙 커지다 보니 사소한 문제들은 있기 마련이었지만, 정부에 도움을 처할 정도는 아니었다.

오히려 스카이 포레스트가 정부를 돕고 있었다. 스카이 포레스트의 도움으로 대한민국은 더욱 살기 좋은 나라가 되어 갔다.

"여기 사용하고 있는 기계들이 서독 기계들이라면서요?"

"맞습니다."

"일본 기업에서도 아주 저렴하게 납품을 하겠다고 제안했다고 들었습니다만."

"가격 측면에서는 일본 기업의 조건이 가장 좋기는 했습니다. 하지만 품질이 서독 기업의 제품보다 월등히 떨어져서 비교 대상도 되지 못했습니다."

"그래요? 얼마나 품질이 떨어졌던 겁니까?"

"부품 소모율에서 가장 현격한 차이가 있었는데, 월간 2%, 연간으로 따지면 24%라는 터무니없는 차이를 보였습니다."

"차이가 크기는 하네요."

"현격한 차이를 떠나 일본과 손을 잡고 싶지 않기도 하고요."

차준후는 일본과 선을 분명하게 긋고 있었다.

비슷한 가격대와 성능이라고 해도 택하지 않을 텐데, 그마저도 다른 기업보다 뒤떨어진다면 일본 기업의 제품을 택할 이유가 없었다.

"스카이 포레스트 덕분에 요즘 일본과의 국교 정상화가 조금 편해졌습니다."

"그래요?"

"배상금과 독도, 어업권 등 일본이 양보하겠다는 것들이 많습니다."

"양보요? 당연히 해 줘야 하는 것이잖습니까. 일본이 아직도 정신을 차리지 못하고 있군요."

배상금과 독도는 당연한 거였다.

그런 걸 양보하겠다고?

쓴맛을 더 봐야 정신을 차리겠다.

어업권 문제야 충분히 일본이 주장할 수 있는 것이었지만 어쨌든 마음에 들지 않았다.

"차준후 대표의 말처럼 일본 측의 양보가 아니군요. 제가 일본의 이야기를 그대로 받아들이는 실수를 했습니다."

스카이 포레스트에게 짓눌린 일본이 어쩔 수 없이 굽힌 것이지, 이는 양보가 아니었다. 양보라는 건 양보하지 않아도 되는데 물러섰을 때 진짜 양보였다.

차준후와 다정하게 대화를 나누는 박정하의 입가에 미소가 떠나지 않았다. 방탄복을 입고서 공장을 여기저기 둘러보면서 기술자와 여공들에게 자상하게 격려를 하기도 했다.

"휘호를 남겨도 되겠습니까?"

강렬하게 자신의 친필 휘호를 남기고 싶어 하는 박정하였다.

그는 시찰한 기업이 마음에 들면 휘호를 남겼는데, 국내 수많은 기업들은 박정하의 친필 휘호를 받고 싶어 했다.

박정하의 친필 휘호는 그의 관심을 받고 있는 기업임을

뜻했고, 그걸 가지고 있는 것만으로도 정부에게 많은 편의를 받을 수 있었기 때문이다.

"그러세요."

차준후가 받아들였다.

스카이 포레스트는 딱히 정부의 도움이 간절한 것도 아니기에 필요가 없었지만, 거절하면 박정하가 서운해할 것이 뻔히 보였다.

차준후의 승낙이 떨어지자, 박정하의 수행비서가 재빨리 붓과 먹물 등을 준비해 왔다.

애당초 사전에 미리 준비하고 온 것이 분명했다.

"방탄애국이라고 쓰겠습니다."

박정하가 흡족한 표정으로 이야기했다.

방탄애국이라!

왜 자꾸 21세기의 남자 아이돌이 떠오르는지 모르겠다.

차준후가 세계적으로 유명한 아이돌 그룹을 생각하면서 웃었다.

그 모습을 본 박정하도 함께 웃었다.

굳센 느낌을 주는 방탄애국 휘호가 만들어졌다.

"액자로 만들어서 공장 입구에 걸어 놓겠습니다."

"그럴 필요 없습니다. 제가 기술자를 데리고 왔습니다."

철저한 준비에 차준후가 혀를 내둘렀다.

정말로 작정하고 온 거구나.

업체에 맡길 것도 없이 즉석에서 휘호가 액자에 담겼다. 공장 입구의 높은 곳에 휘호가 걸렸다.

* * *

대표실에서 차준후가 서류들을 살펴보고 있었다.

사업의 규모가 커지면서 종전보다 많은 서류가 책상에 올라오고 있었다. 많은 업무를 임원과 부하 직원들에게 떠넘기고 있었지만 그것에도 한계가 존재했다.

결국 직접 처리해야 하는 고되고 힘든 대표만의 업무가 있었다.

모든 서류 결재를 마친 차준후가 의자를 돌렸다. 창밖으로 보이는 푸른 하늘을 보면서 사색에 빠졌다.

그의 기억 속에서 1960년대에 대한 기억들이 떠올랐다 사라지기를 반복했다.

"음! 이제 상당히 바뀌었으니 신중하게 움직여야 할 필요가 있어."

차준후는 자신이 벌인 일들과 바뀌고 있는 주변 환경 등을 역사와 비교했다.

역사보다 일찍 나노 징크옥사이드와 희토류 자석 등을 내놓으면서 기존에 없던 제품과 기업들이 세상에 등장하고 있었다.

이들 제품의 성능은 1960년대에 나올 수 없는 것들이었고, 미래에 등장할 혁신적인 기업들도 보였다. 이 기업들과 경쟁한다는 건 스카이 포레스트라고 해도 약간 곤란할 수 있었다.

차준후 본인이 만들어 낸 변화였지만, 이 변화들이 차준후를 고민하게 만들었다.

여러 가지 생각들이 머릿속을 스치고 지나갔다.

좋아 보이는 생각이 있었고, 황당무계한 생각이 있었고, 시도했다가는 많은 구설수에 오를 생각도 떠올랐다.

"내가 신중한 성격과는 거리가 멀다는 건데……."

차준후는 면밀한 계획을 세우고 철두철미하게 움직이는 성격이 아니었다. 즉흥적으로 움직였다.

화장품 연구원이었던 그가 세계적으로 대단한 기업인 스카이 포레스트를 만들어 낸 건 미래 지식의 공이 컸다. 사실 사업가적인 면에 있어서는 차준후가 좋은 점수를 받기 힘들었다.

"시간이 흐를수록 내가 우위를 차지하기는 힘들어질 거야."

차준후는 자신의 한계를 알았다. 사용할 수 있는 미래 지식이 줄어들면 결국 그의 우위는 사라지게 된다.

지금은 아니고 한참 뒤의 이야기겠지만.

그래도 스카이 포레스트와 차준후에게 어렵고 힘든 시

기가 올 건 분명했다.

"스카이 포레스트가 더욱 커지고 강해져야만 해. 세계 최고 명품 기업으로 올라서고, 계열사들도 세계 최고 수준을 차지해야 한다는 거다."

차준후는 살아남기 위해 세계 최고의 자리를 원했다.

가장 높은 곳에 올라 경쟁사들, 그리고 앞으로 등장할 혁신적인 기업들과 다퉈야 유리했다. 아래에서부터 치고 올라가는 것보다 위에서 상대해야 편했다.

"살아남으려다 보니 세계 최고가 목표가 됐네."

차준후의 눈높이는 21세기에 머물러 있었다.

그러다 보니 스카이 포레스트의 본업인 화장품뿐만 아니라 전 계열사들의 세계 최고를 원하게 되어 버렸다.

단순한 생존이 아니라 높은 브랜드와 고부가 가치를 원하다 보니 당연한 일이었다.

"어차피 줄기세포 화장품을 만들려면 세계 최고의 기술력이 필요해. 이 기술들은 지금부터 차근차근 만들어가야 한다."

못다 한 줄기세포 화장품 연구는 차준후의 바람이었다.

그렇지만 안타깝게도 줄기세포 화장품과 관련된 기술들은 1960년대에 거의 없었다.

줄기세포 화장품 기술을 스카이 포레스트와 차준후가 처음부터 개발해야 한다는 뜻이었다.

차준후는 줄기세포 화장품을 잘 알고 있었다.

그러나 줄기세포에 대해 잘 아느냐고 묻는다면?

알지만 모른다고 해야 정확했다.

프로그래밍은 할 줄 알지만, CPU와 메인보드 등 다양한 컴퓨터 부품은 제조할 수 없는 것과 같은 이치였다.

차준후는 화장품 연구원이지, 줄기세포를 연구하는 학자가 아니었다.

"이제부터 줄기세포와 관련된 분야에 투자해 보자."

줄기세포는 1900년대 초에 처음 발견된 미분화 세포로, 러시아 학자가 1908년 베를린 혈액학회에서 줄기세포라고 명명할 것을 제안하며 이름이 정립됐다.

그리고 1952년 미국에서 줄기세포 실험을 통해 최초로 수정란 분할 복제 개구리 탄생에 성공했고, 1963년 올해에 이르러 드디어 줄기세포의 존재를 과학적으로 규명해 냈다.

알려진 지는 오래됐지만 이제 막 얼굴을 비친 새내기라고 할까?

선진국에서는 줄기세포 실험이 오랫동안 이어지고 있었지만, 아직 성과가 미흡했다.

이 당시에는 줄기세포를 연구하는 기관이나 연구원, 학자 등이 턱없이 적었으니 그럴 수밖에 없었다.

"처음부터 끝까지 해야 할 일이 많네."

차준후는 줄기세포 화장품을 만들기 위한 준비에 착수했다.

우선 인력을 모으는 게 급선무였다.

이미 연구를 진행하고 있는 곳에 돈을 투자하는 것이었다면 너무나도 간단했겠지만, 줄기세포에 관심이 있는 사람부터가 적었기에 줄기세포 연구에 관심을 끌어모아야 했다.

"소문부터 내 볼까."

차준후는 모든 조직의 세포로 분화할 수 있는 줄기세포를 연구한다는 소식을 외부에 슬금슬금 퍼뜨렸다.

줄기세포 연구가 백혈병, 파킨슨병, 당뇨병 등 불치병이라고 알려진 병의 특효약 개발로 이어질 수 있다는 사실을 알렸다.

줄기세포를 이용한 기술이 상용화되려면, 줄기세포의 모든 분화 과정을 완벽히 통제해야만 했다. 그렇지 못한 상태에서 줄기세포를 다룬다면 어떤 부작용이 뒤따를지 예상하기 어려웠다.

21세기까지도 줄기세포 연구는 기초적인 단계에서 벗어나지 못했고, 이 당시에는 이제 막 그 존재를 입증한 단계에 들어섰을 뿐이었다.

만일 이러한 연구를 한다는 게 차준후가 아닌 다른 사람이었다면, 말도 안 된다며 무시했을지도 모른다.

그러나 그간 모든 이들이 말도 안 된다고 생각했던 것들을 여러 차례 세상에 내보인 차준후였다.

다름 아닌 그가 연구하는 것이라고 하니 많은 이들은 이번에도 현실성이 있는 이야기라 받아들였다.

- 당뇨병을 치료할 수 있는 새로운 희망의 시대가 열렸다.
- 줄기세포란 무엇인가? 불치병의 특효약이다.
- 차준후가 새로운 연구를 시작했다. 인류는 이제 기존에 없던 희망을 발견해 냈다.
- 줄기세포를 함께 연구하고 싶은 생명공학 학자들이 차준후를 만나기 위해 대한민국으로 향했다.

각계각층에서 열렬한 반응을 토해 냈다.

성질 급한 학자들 가운데 일부는 대한민국 비행기에 몸을 실기도 했다. 그만큼 이번 줄기세포에 대한 이야기는 충격적이었다.

개인적으로 못다 한 줄기세포 화장품을 연구하려는 차준후의 바람으로 시작된 일이었지만, 그 안에 숨겨진 파괴력은 엄청났다.

줄기세포를 제대로 연구하면 불치병을 치료할 수 있다니?

질병 완치는 인류에게 있어 평생의 꿈으로, 환자들에게

새로운 희망이 될 수 있는 줄기세포였다.

또한 생명공학은 생물학, 의학, 농학, 축산학 등 여러 분야와 연결되어 있다. 생명공학이 발달한다는 건 당연히 관련된 분야까지 혜택을 본다는 소리였다.

자연스레 수많은 관련 분야의 사람들이 스카이 포레스트를 주목하기 시작했다.

* * *

줄기세포 화장품과 관련된 발표를 듣기 위해 내외신 기자들이 서울시민 대강당을 꽉 채우고 있었다.

"안전한 줄기세포 화장품을 만들기 위해서는 먼저 인간에 대해서 알아야만 합니다. 줄기세포 화장품을 세상에 내놓기 위해서는 지금처럼 그저 피부에 국한된 연구만으로는 부족하기 때문입니다."

차준후가 무대 위에서 발표를 하고 있었다.

그의 한 마디라도 놓치지 않기 위해 대강당에 모인 사람들이 집중하고 있었다.

"피부에 국한된 연구를 하지 않는다고 방금 말했습니다. 내면에 대한 연구가 필요하다는 겁니다. 바쁘신 와중에도 여기까지 직접 와 주신 귀빈들을 위해 특별히 발표할 내용이 있습니다."

"특별한 발표?"

"역시 단순한 줄기세포 화장품 발표가 아닌 줄 알았어."

"이래서 차준후의 발표는 꼭 직관을 해야만 해."

사람들이 잔뜩 기대 어린 표정이었다.

외부에 알려지기로는 줄기세포 화장품 발표회였다.

그러나 차준후가 직접 나서는 발표회에는 항상 숨겨진 하나 이상의 비밀이 있었다.

장내가 시끄러워지자 차준후가 주변을 훑었다.

"조용히 해."

"떠들면 차준후 대표가 그냥 떠날 수도 있어."

"너부터 입 다물어라."

웅성거리던 실내가 다시금 조용해졌다.

이런 적이 한두 번이 아니었기에 까칠한 차준후의 성격을 잘 아는 사람들이었다. 알 만한 사람들은 다 알았다.

"스카이 포레스트는 줄기세포 화장품 출시에 앞서 인간 유전체 프로젝트, 인간이 생물로서 존재하기 위해 필요한 온전한 유전 정보를 모두 파헤치는 게놈 프로젝트를 펼칠 겁니다. 줄기세포 연구와 함께하는 연구입니다."

차준후가 게놈 연구에 대한 본격적인 포문을 열었다.

수십 년 뒤에나 연구가 시작됐을 인류 게놈 프로젝트를 1963년에 꺼내 든 것이었다.

이 프로젝트는 1980년대 후반부터 본격적으로 이뤄졌다.

그것도 일국, 한 기업이 진행한 프로젝트가 아닌 미국, 영국, 일본, 독일, 프랑스, 그리고 중국까지 6개국이 함께한 초대형 규모의 프로젝트였다.

인간의 유전자 지도를 만들기 위해서는 그만큼 연구해야 할 영역이 광대하고, 또 사업비만 해도 천문학적으로 들어간다.

그러나 이 연구를 통해 인간의 생명 현상 신비를 규명할 기반을 마련하였고, 다양한 불치병과 난치병 대한 치료의 길을 열었다.

게놈 프로젝트는 인류의 질병 치료와 장생을 위한 획기적인 연구였다.

그리고 이 게놈 프로젝트에 줄기세포 연구를 은근슬쩍 끼워 넣었다. 21세기까지 제대로 된 연구 성과가 나오지 않은 줄기세포 연구를 국제적으로 하기 위함이었다.

"대체 게놈이 뭐야?"

"헐! 사람의 유전자를 완전히 파헤치겠다니. 이건 절대 화장품 회사에서 연구하겠다고 나설 주제가 아니야. 그런데 차준후가 하겠다고 하니 말이 된다고 느껴진다."

"화장품 회사 대표가 게놈을 연구하겠다니? 놀랍다."

"매번 놀라운 걸 꺼내 드는 차준후라고. 직접 오기를 정말 잘했다."

놀란 사람들의 시선이 차준후에게 집중되었다. 그들의

눈에는 강단에 서 있는 차준후가 대단히 크게 느껴졌다.

거인이었다.

특히나 게놈 프로젝트가 가진 의미를 이해한 사람들은 까무러칠 정도로 뒤집어졌다.

게놈 프로젝트가 무엇인지 모르는 이들은 뒤늦게 알고 있는 이들에게 설명을 듣고는 깜짝 놀라 제자리에서 펄쩍 뛰었다.

하지만 이마저도 이들이 이해하고 있는 건 게놈 프로젝트의 극히 일부에 불과했다. 만약 게놈 프로젝트에 대해 제대로 이해하고 있었다면 이 정도 반응으로 그치치 않았을 터였다.

그 진정한 가치를 조금이나마 제대로 알고 있는 사람은 차준후가 유일했다.

게놈 프로젝트의 활용 가치는 무궁무진했다. 그 광대한 활용 가치들 가운데 아주 사소한 부분이 바로 화장품이었다.

줄기세포 화장품을 만들기 위해선 본류이자 근원인 줄기세포에 대한 연구가 필요했다. 배꼽을 위해 배가 필요한 셈이었다.

'지금껏 줄기세포 화장품을 만들기 위한 발판을 만들어 왔지.'

경악 어린 시선을 받고 있는 차준후가 가만히 웃었다.

회귀하고 난 뒤부터 나름 바쁘게 움직여 왔다.

줄기세포 화장품을 완성시키기 위해서는 천문학적인 자금은 물론이고, 수많은 국가의 협력이 필요했기 때문이다.

이제 그 준비가 어느 정도 끝났다고 할 수 있었다.

현재 스카이 포레스트는 아무리 써도 마르지 않을 만큼 돈을 벌어들이고 있었고, 수많은 국가 정부와 우호적인 관계를 맺어 두었다.

언제든지 본격적인 줄기세포 연구에 들어갈 수 있는 상황이었다.

"질문 받겠습니다."

차준후의 담담한 목소리가 대강당에 울렸다.

그러자 많은 사람들이 손을 번쩍 들기 시작했다. 기자와 학자들이 말로 떠들지는 못하고 눈으로 지목을 해 달라고 부탁하고 있었다.

"분홍색 상의를 입고 계신 여기자분! 질문받겠습니다."

"처음으로 질문할 기회를 주셔서 감사드려요. 게놈 프로젝트라는 것은 어떤 식으로 진행되는 건가요?"

"게놈 프로젝트 연구에는 많은 것들이 필요합니다. 초고성능 전자 장비와 유능한 연구원과 학자들은 필수적으로 필요하죠. 그 모든 것이 최고와 최선으로 꾸려졌을 때 비로소 게놈 프로젝트가 진행될 수 있을 겁니다."

"이야기만 들어 봐도 어마어마한 규모의 프로젝트가

될 거 같은데, 스카이 포레스트에서 단독으로 진행하실 계획이신가요?"

"빠른 연구를 진행을 위해 공동 연구를 원하는 곳이 있다면 누구와도 협력할 생각이 있습니다. 아! 한 국가는 안 될 수도 있겠네요."

차준후가 슬며시 제한을 걸어 뒀다.

입 밖으로 직접 꺼내지 않아도 어느 나라를 말하는 것인지 이 자리에 모인 모든 사람들이 알았다.

스카이 포레스트와 어떤 협력도 맺지 못하고 있는 나라는 일본이 유일했다. 그리고 이번 게놈 프로젝트에서도 일본은 함께하지 못한다는 것이 기정사실화됐다.

이 소식이 전해지면 일본은 다시 한번 발칵 뒤집힐 게 분명했다.

잘못을 인정하지 않고 오기를 부리다가 지속적으로 큰 피해를 입고 있는 일본이었다.

* * *

게놈 프로젝트와 줄기세포 연구에 대한 이야기가 세계로 퍼져 나갔다.

무병장수를 원하는 건 인류의 오랜 꿈이었다.

가장 빨리 소식을 접한 일본은 그야말로 발칵 뒤집혔다.

곧바로 일본 내각 회의가 열렸다.

"인간의 모든 병을 치료할 수 있는 줄기세포 연구라니! 당장 참여해야 합니다. 이 연구에 합류하지 못하면 앞으로 많은 분야에서 큰 지장을 받게 됩니다."

"차준후가 우리 일본을 연구에 합류시켜 줄까요? 일본이라면 학을 떼는 사람이 바로 차준후입니다."

"일제강점기 시절에 있었던 일을 겸허하게 반성하고 대한민국과 새로운 관계를 맺을 필요가 있습니다."

주요 장관들이 스카이 포레스트와의 관계를 개선해야 한다고 이야기할 때마다 시게마루 총리가 담배를 뻑뻑 피워 댔다.

"내각 총사퇴를 준비합시다."

"총리 당신이 문제를 만들어 놓고 차기 정권에 떠넘기면 어쩌자는 겁니까? 영원한 친구도, 영원한 적도 없다고 했습니다. 관계를 개선하려고 노력해야지요. 총사퇴를 한다고 능사가 아닙니다."

"내가 달려가서 무릎을 꿇는다고 문제가 해결되면 그렇게 하겠소. 그런데 차준후가 내 얼굴을 보고 싶기나 하겠습니까?"

시게마루 총리가 냉소했다.

그동안 관계 개선을 위해 노력을 하지 않은 것이 아니었다. 자존심을 굽히고 스카이 포레스트의 문을 지속적으로 두드렸다.

일본 정부와 박물관 등이 보유하고 있는 모든 문화재를 반환하겠다고 약속했고, 독도 문제 등 여러 사안에서 대한민국의 입장을 지지하겠다고 밝혔다.

그렇지만 대한민국 정부를 통해 외교적으로 연결을 부탁하고 있었음에도 불구하고 여전히 스카이 포레스트에서는 어떠한 응답도 없었다.

한마디로 보고 싶지 않다는 거였다.

이런 상황은 일본에게 있어 악몽이자 지독한 수치였다.

"……총사퇴를 해야겠네요."

시게마루의 얼굴이 잔뜩 일그러졌다.

일본 내각의 총사퇴가 다시금 이뤄질 예정이었다.

갑작스러운 시게마루 내각 총사퇴 발표로 일본 분위기가 뒤숭숭해졌다. 내각의 총사퇴가 왜 이뤄지는지 지각 있는 일본인들이라면 누구나 알았다.

스카이 포레스트를 잘못 건드린 게 문제였다.

뒤끝 심한 차준후가 일본에 대한 불만을 대놓고 드러내고 있었고, 그 결과 스카이 포레스트로부터 외면받은 일본 경제는 계속 추락했다.

이번 스카이 포레스트 프로젝트로 일본 경제가 다시 휘청거릴 것만 같았다.

화창한 날

 시간차를 두고 미국, 영국, 프랑스, 서독 등 각국에서 게놈 프로젝트의 참여 의사를 스카이 포레스트에 보내왔다.
 선진국들이 모두 달려든 배경에는 차준후의 명성이 크게 한몫했다. 항상 대단한 성과를 만들어 낸 차준후였고, 이번에도 그럴 가능성이 높다고 학자들도 이야기하고 있었다.
 이 글로벌 연구의 성과를 잡는 국가가 앞으로 관련 분야에서 주도적으로 앞서 나갈 수 있다는 학자들의 견해도 있었다.

 - 미국은 게놈 프로젝트와 줄기세포 연구에 대한 전적인 지지를 밝힙니다. 미국 국립보건원의 모든 연구 자료

와 연구원 등을 스카이 포레스트와 공유할 계획입니다.
 - 영국은 스카이 포레스트와 함께하고 싶습니다.
 - 프랑스의 발전된 의학이 이번 프로젝트와 함께할 영광을 주십시오.
 - 서독은 게놈 프로젝트와 줄기세포 연구에 있어 일익을 담당하려고 합니다.

 여러 국가가 프로젝트 합류를 원하면서 자금과 인력 등이 넘쳐 나게 됐다.
 프로젝트에 대한 호응과 열기가 엄청났다.
 최빈국으로 분류되는 아프리카의 국가도 이번 연구에 대한 참여 의사를 밝혔다. 수많은 국가가 스카이 포레스트와 연구를 함께하고 싶어 했다.
 농사와 축산, 질병 관리가 중요한 아프리카의 가난한 국가에는 게놈 프로젝트와 줄기세포 연구에서 나올 성과가 중요했다.
 이처럼 최빈국도 활용할 분야가 많은 연구였다. 제대로 된 성과가 나온다면 선진국들은 더욱 많은 이득을 보는 게 가능했다.
 차준후는 지금껏 확실한 성공을 보여 줬다.
 확률로만 보면 100%였다. 이번에도 성공할 가능성이 대단히 높다는 뜻이었다.

게놈 프로젝트와 줄기세포를 연구하기 위해서는 국제적인 연구를 총기획할 본부가 필요했다. 참여국들은 내심 본부가 자국에 설치되기를 원하였다.

인프라가 부족하고 연구 인력이 부족한 대한민국에는 역량이 딸린다는 이유를 내세웠다.

그러나 본부는 대한민국 서울에 만들어지기로 결정 났다. 차준후의 단독 결정이었다.

스카이 포레스트가 주도하고, 앞으로 많은 이익을 누릴 수 있는 대단위 프로젝트를 외국에 넘길 차준후가 아니었다.

스카이 포레스트가 우선이었고, 대한민국이 먼저였다.

본부의 위치가 불편하면 프로젝트에 참여하지 않으면 그만이었다. 선진국들이라고 해도 스카이 포레스트가 주도하는 프로젝트에 대해서는 차준후가 시키는 대로 해야만 하는 실정이었다.

국제적인 공동 연구라지만 차준후가 허락했기 때문에 가능했다. 괜히 차준후의 심기를 거스르거나 적대적인 대척점에 서면 그야말로 큰일이었다.

이번에 내각 총사퇴를 한 일본을 보면 잘 알 수 있었다.

본부의 위치를 미국이 곧바로 수긍했고, 유럽의 국가들도 순순히 받아들였다.

그리고 내각 총사퇴를 하기로 한 일본 정부가 많은 자금과 인력을 대겠으니 자신들도 프로젝트에 받아 달라고 스카이 포레스트에 제안했다.

물론 퇴짜를 맞고 말았다.

일본으로서는 눈물이 날 수밖에 없는 일이었다.

* * *

차준후는 게놈 프로젝트와 줄기세포 프로젝트의 성과를 위해 투자를 조금도 아끼지 않을 생각이었으나, 스카이 포레스트와의 협력을 원하는 이들이 알아서 자금과 인력을 가지고 오고 있었다.

"대표님! 미국을 비롯한 많은 국가들에게 돈을 싸 들고 온다고 합니다. 돈은 걱정할 필요가 없습니다."

문상진은 엄청난 프로젝트 때문에 스카이 포레스트가 그동안 쌓아 놓은 현금을 잔뜩 사용해야 한다고 여겼었다.

그런데 돈이 줄어들지 않고 오히려 더욱 많아졌다. 너무 많은 국가들에서 공동 연구를 하자고 해서 정신이 없을 정도였다.

"미래 가능성을 보고 투자하려는 이들이 있을 거라고는 생각했지만, 이건 예상 이상이네요."

차준후는 새삼 자신이 이 시대의 흐름을 주도하고 있다는 걸 느꼈다.

자신이 무얼 한다고만 이야기해도 전 세계에서 돈을 들

고 달려오고 있었다.

 연구의 성과는 프로젝트를 주도하는 스카이 포레스트가 가장 많이 손에 넣게 될 수밖에 없었다. 그럼에도 각국은 한 발을 걸쳐 조금이라도 이득을 얻고자 매달려 왔다.

 그 자그마한 이득이 훗날 미래 세계 경쟁에서 지대한 영향을 끼칠지도 모르기에 어쩔 수 없는 선택이기도 했다.

 또한 이는 게놈 프로젝트와 줄기세포 프로젝트가 상업성을 떠나, 학문적으로도 크나큰 가치를 지니고 있다는 점도 영향을 미쳤다. 실제로 이번 프로젝트에 참여하게 된 각국의 학자들은 영광이라고 소감을 밝혔다.

 "호응이 엄청납니다."

 "그만한 가치가 있다는 걸 다들 아는 거죠. 좋은 현상입니다."

 차준후는 그렇게 말하면서 내심 쓴웃음을 지었다.

 '줄기세포 화장품을 만들려고 시작한 프로젝트라고 말하면 큰일 나겠네.'

 차준후가 게놈 프로젝트와 줄기세포 프로젝트를 주도하여 시작한 건 어디까지나 줄기세포 화장품을 위해서였다.

 전 세계의 뛰어난 학자와 연구원들이 프로젝트를 진행하며 내놓은 연구 결과를 토대로 줄기세포 화장품을 연구할 작정이었다.

 배보다 배꼽이 더 컸다.

배꼽을 완성시키기 위해 배를 먼저 만들어 버린 차준후다.

줄기세포 화장품의 완성은 회귀 전부터 그가 줄곧 품고 있던 꿈이었다.

회귀가 더 어렵지.

줄기세포 화장품 완성이 더 어려울까?

그렇기에 무모하게 보일 수도 있는 연구를 1960년대에 시작하게 됐다.

물론 시대에 따른 환경은 21세기에 비하면 한참이나 부족할지도 모른다.

그러나 전 세계의 역량을 동원할 수 있다면 그 부족한 부분을 메울 수 있으리라 여겼다.

그는 세계를 상대로 미끼를 던졌고, 미국을 비롯한 여러 국가가 미끼를 덜컥 물어 버렸다.

엄청난 월척이었다.

차준후는 21세기까지 뚜렷한 성과를 내지 못한 줄기세포 연구를 완성시키기 위해 세계적인 규모의 연구팀을 결성해 버렸다.

회귀 전에는 볼 수 없었던 규모의 연구진과 넘쳐 나는 투자금까지.

세계 각국의 내로라하는 학자와 연구원들이 한자리에 모여, 아낌없는 연구 비용을 투자받는다면 회귀 전과는 다른 결과가 나올 수 있을 터였다.

"그런데 이번에는 연구 성과가 나오기까지 얼마나 걸릴 거 같으세요?"

"글쎄요. 게놈과 줄기세포는 워낙 연구된 바가 없다 보니 얼마나 걸릴지 저도 장담을 못하겠네요."

차준후의 지식은 전부 미래 지식에 기인했다.

21세기에도 밝혀지지 않은 일에 대해서는 당연히 모를 수밖에.

"이야! 대표님도 모르는 게 있다고 하니 이제야 사람처럼 보이네요."

문상진은 오히려 반겼다.

인간계가 아닌 신계에서 신선처럼 노니는 것처럼 보였던 차준후도 인간이었다.

"저라고 다 알 수는 없죠. 저도 모르는 게 많으니 여러 국가의 도움을 받아 공동 연구를 진행하는 겁니다."

"공동 연구 때문에 대표님과의 만남을 요구하는 각국 대통령들과 유명 학자들이 많습니다. 특히 미국의 젊은 대통령이 대표님과 만남을 강렬히 원하고 있어요. 약속만 이뤄진다면 대한민국까지 직접 날아온다고 하던데요. 그렇지만 이번에도 안 만나실 거죠?"

미국 대통령이 차준후를 어떻게든 만나려고 하고 있었다.

미국의 이익을 위해서였다.

미국은 이번 프로젝트들의 미래 가치가 어느 정도인지

다른 어느 나라보다 잘 이해하고 있었다.

차준후가 지금껏 세상에 선보인 특허를 미국이 독점했다면?

미국은 지금보다 훨씬 더 앞서 나갔을 것이 분명했다.

천재 차준후를 일찌감치 귀화시키지 못한 사실에 미국은 크게 안타까워하고 있었다.

하지만 늦었다고 생각할 때가 가장 빠르다고 했다.

미국은 뒤늦게라도 차준후를 귀화시키면서 향후 스카이 포레스트가 만들어 낼 특허 기술들을 독점하기 위해 대통령까지 직접 나섰다. 여러 가지가 걸려 있는 미국 대통령의 대면 요청이었다.

적극적인 미 정부의 요청에 스카이 포레스트 비서실에서 거절하는 것도 미안할 지경이었다. 세계 패권을 잡고 있는 미국 대통령의 요청을 계속 거절하기는 솔직히 힘든 면이 존재했다.

백악관도 당황하고 있었다. 지금까지는 초대를 하였지만 이번에는 미국 대통령이 직접 방한해서 만나겠다고 하는데도 불구하고 거절당해 버렸기 때문이다.

"제가 바쁘잖습니까."

차준후는 이번에도 똑같은 변명을 내세웠다.

그 변명에 문상진이 어이없다는 표정을 지었다.

바쁘다는 사람이 출퇴근 시간을 딱딱 지키면서 여유롭

게 지냅니까?

비서실에서 차준후의 스케줄을 관리하고 있었지만 문상진도 보고 듣는 게 있었다. 평소와 다름없는 차준후였다.

이번 글로벌 연구 협력으로 눈 돌아갈 정도로 바쁜 건 담당 실무진과 임원들이었다. 귀찮고 번거로운 업무를 떠넘긴 차준후는 뒤로 쏙 빠져 있었다.

"모든 사람이 만나기를 학수고대하는 미국 대통령을 왜 회피하시는 겁니까? 이유라도 알려 주십시오. 이제 미국 대사에게 변명하기도 힘듭니다."

오늘도 미국 대사를 만난 문상진이었다. 차준후를 만나지 못하니까 그를 통해 접견 요청을 하는 것이었다.

괜히 중간에 낀 문상진만 죽어라 고생이었다.

미국 대통령과 만나면 참으로 많은 걸 얻을 수 있을 텐데……

일단 미국에서 더욱 많은 걸 이룰 수 있었다. 수많은 미국 기업들 가운데 첫 번째 위치에 올라서는 걸 단축하는 것도 가능했다.

잘나가는 스카이 포레스트지만 아직 위에는 더욱 대단한 기업들이 남아 있었다.

"만나면 피곤할 거 같아서요. 꼭 필요한 만남이 아니라면 사양입니다."

차준후가 진지하게 말했다.

지금껏 많은 사람들을 만나지 않았다.

이건 차준후가 일관되게 지켜 온 것이었다.

집과 회사를 시계추처럼 오가면서 될 수 있으면 만나는 사람들을 최소로 해 왔다.

이 시대의 인연을 줄이기 위함이기도 했다.

사람을 만나다 보면 정이 들기 마련이고, 그러다 자신도 모르게 그 사람의 인생에 개입하게 될 수밖에 없었다.

차준후는 그것을 매우 조심해야 한다고 여겼다.

케네다 대통령을 만나지 않는 것도 그러한 이유였다.

차준후는 케네다 대통령을 생각하면 무엇보다 암살이 떠올랐다. 비참하게 죽는 케네다 대통령의 모습이 뇌리에서 떠나지 않았다.

케네다 대통령이 젊은 나이에 요절해서 그런가, 괜히 정이 갔다. 임준후 역시 수명을 모두 누리지 못하고 죽었기에 더욱 이입되는 감정이 있었다.

다른 평범한 사람이라 할지라도 그 사람의 삶이 변화했을 때 어떤 나비효과를 불러일으킬지 모르는데, 케네다 대통령쯤 되면 어떤 변화가 일어날지 짐작조차 할 수 없었다.

그건 한 사람의 역사를 바꾸는 것이 아니라, 한 나라를 넘어서 세계 전체의 역사를 뒤바꾸는 결과를 불러일으킬 수도 있었다.

만일 그 변화가 인류의 도움이 되는 방향으로만 이어진

다면 아무런 문제도 없겠지만, 그건 차준후가 장담할 수 없는 문제였다.

자칫 감당할 수 없는 변화라도 생긴다면?

설령 그 변화가 차준후에게 직접적인 책임이 없더라도, 도의적인 책임감을 느낄 수밖에 없을 것이었다.

스카이 포레스트와 대한민국의 도움이 될 일이라고 생각된다면 리스크를 감수하더라도 역사의 변화를 시도했겠지만, 일면식도 모르는 사람을 살리기 위해 그 책임감을 짊어질 자신이 차준후에겐 없었다.

어찌 보면 한 사람의 죽음을 모른 척한다고 볼 수도 있겠지만, 그렇다고 자신을 희생하면서까지 타인을 도울 수는 없는 일이었다.

회귀했다고 해서 모든 걸 하겠다는 건 지독한 오만이라고 생각했다.

차준후는 케네디 대통령 암살에 관여하지 않겠다는 생각을 굳혔다.

확고하게 결정했다.

혹시라도 케네디 대통령이 방한하면 곧바로 전용기를 타고 유럽으로 떠나갈 작정이었다.

'난 제대로 된 길을 걷는 것일까?'

최근 차준후는 스스로를 되돌아볼 때가 많았다.

이런 생각은 그의 마음속 깊이 뿌리 깊게 박혀 있었다.

자신의 행동으로 빛이 만들어지면 그만큼 선명한 그림자가 만들어지는 건 자명했다. 이 그림자의 저항과 반발이 자신과 대한민국을 뒤덮지 않을지 우려스러웠다.

 많은 사람을 이롭게 하는 고결한 성격으로 알려진 차준후지만 그림자는 분명히 존재했다.

 세상은 어느 누가 이득을 보면 손해를 입는 쪽이 나타난다.

 현재 손해를 보는 가장 큰 그림자가 바로 일본이었다. 대한민국이 세계에서 성장하는 모습을 보여 주고 있는 것과 달리 일본은 추락하고 있었다.

 물론 아직은 성장을 멈추지 않고 있었지만, 원 역사와 같은 고도성장은 보여 주지 못했다. 일본의 입장에서는 절대 예상치 못한 낮은 성장률이었다.

 그리고 이는 차준후의 의도적인 발목잡기 때문이었다.

 이처럼 차준후의 미래 지식은 한 국가의 역사를 바꿀 수 있을 정도의 힘을 지니고 있었다.

 어쩌면 곧 벌어질지도 모를 베트남전도 차준후가 개입한다면 발생하지 않을 가능성도 있을 수 있었다.

 하지만 차준후는 케네다 대통령의 암살을 모른 척했던 것처럼 베트남전의 발발도 사실상 방관했다.

 베트남전이 발발한다면 수많은 이들이 죽고, 엄청난 물적 피해가 발생할 걸 알았지만 애써 외면했다.

만약 지금 당장 전쟁을 막는다 해도, 그것이 훗날 더 큰 전쟁으로 번지게 만드는 데 영향을 끼친다면'?

역사를 바꾸었을 때 그 역사가 어떻게 바뀔지 모르는 이상, 함부로 개입할 수는 없었다.

차준후는 대한민국의 역사를 새롭게 써 나가면서도 역사 개변에 있어 끊임없이 갈등과 번뇌를 하고 있었다. 1960년대에 많은 걸 새롭게 해냈으면서도 이 부분에서는 아직도 혼란스러웠다.

차준후가 회귀자라 할지라도 결국은 한 명의 인간에 불과했다.

예상치 못한 역사의 변화가 세계에 악영향을 끼친다면?

대한민국에 큰 피해를 입힌다면?

그걸 감당할 자신이 그에겐 없었다.

그렇기에 케블라 방탄복을 만들어 국군에 공급하며 한국군의 사상자를 줄이는 것이 그가 내릴 수 있는 최선의 선택이었다.

위풍당당하고 모든 걸 할 수 있어 보이지만 그에게도 한계는 있었다.

'그리고 역사가 변화할수록 내가 써먹을 수 있는 미래 지식들도 사라질 테니까.

이것이 지나친 변화를 극구 경계하는 또 다른 이유였다.

이건 단순히 사익을 위한 것이 아니었다. 차준후는 이

미 더 이상 더 필요가 없을 만큼 충분한 부와 명예를 손에 거머쥐었다.

대한민국이 스카이 포레스트로 인해 많은 성장을 이루어 냈지만, 차준후가 보기엔 아직도 많이 부족했다.

앞으로도 대한민국의 성장을 이끌어 내고, 한 사람이라도 더 많은 국민들이 행복해지기 위해선 미래 지식이 필요했다.

역사의 변화를 최소화할 필요성이 있었다.

미국 35대 대통령을 떠올렸더니 괜히 생각이 깊어진 차준후였다.

"……."

차준후의 이런 사색은 무작정 고민되기 때문에 하는 건 아니었다.

올바른 답?

애당초 정답이란 존재하지 않는 문제였다.

옳고 그름을 판별하기 위함이 아니라 선택을 하기 위한 사색이었다. 즐겁고 잘살기 위한 사색이지, 정신이 피폐해질 정도로 머리를 싸맬 필요가 없었다.

불편한 부분이 있는 건 사실이었지만 스스로를 되돌아볼 때 당당했다. 회귀한 이래로 하늘을 우러러 부끄럼 한 점 없었다.

스스로 생각해 봐도 잘 살아왔다.

그러면서 편안했다.

웃음이 나올 정도로 좋은 삶의 시간이었다.

미래 지식을 활용하면 지금보다 더 나은 삶을 누릴 수 있을 것 같았다.

앞으로도 나아갈 길은 꽃길이나 마찬가지였다.

'몰입이 깊으시네. 줄기세포와 게놈 프로젝트에 대해 생각하고 있는 게 분명해.'

문상진이 대화하다 말고 사색에 빠진 차준후를 방해하지 않았다.

천재적인 생각을 하고 있을지도 몰랐다. 괜히 방해했다가 저 몰입이 깨져 천재의 영감이 사라질지도 몰랐다.

이럴 때는 조용히 있는 게 차준후를 돕는 것이었다.

* * *

오전에 출근한 차준후가 실비아 디온이 직접 가지고 온 커피의 향기를 즐겼다.

커피 한 잔의 여유를 즐길 때는 오직 차준후만의 시간이었다. 매일 아침마다 접하는 커피지만 그때마다 기분이 좋았다.

차준후는 매일 커피를 마실 때마다 커피의 맛을 음미하였다.

인생은 커피 한 잔과 비슷했다.

어떤 커피 한 모금은 지독하게 썼고, 어떤 커피 한 모금은 시원했다.

고난과 시련으로 아프고 슬프지만, 그 위에는 달콤한 행복이 있기도 한 것이 하나의 인생을 맛보는 기분이었다.

인생이라는 길을 걷다 보면 사람은 많은 감정을 느끼게 된다.

출근하자마자 마시는 커피와 함께 회귀한 인생을 곱씹어 보곤 하는 차준후였다. 인생을 다시 산다는 건 참으로 이상한 경험이었다.

남들에게 절대 말 못할 비밀을 간직한 차준후는 이렇게 커피를 마시며 스스로의 생각을 정리하곤 했다. 그렇기에 커피를 마시는 시간은 소중했다.

"할 이야기가 있는데 오늘은 함께 커피 한잔할래요?"

"네."

실비아 디온이 싱그럽게 웃었다.

금발을 찰랑거리는 그녀가 곧바로 커피를 가지고 왔다.

평소엔 비서실에서 따로 커피를 마셨는데, 오늘은 드물게도 대표실에서 차준후와 함께 커피를 마시게 됐다.

시작이 기분 좋은 날이었다.

"커피 맛이 좋네요. 항상 고마워요."

차준후가 커피 한 모금을 마신 뒤에 말했다.

비서실장인 그녀는 외부에 그다지 드러나지 않았다. 조용히 차준후의 그림자로 지내면서 비서로서의 업무에 충실하고 있었다.

그러나 비서실장으로서 본사와 계열사들의 모든 업무를 총괄적으로 살펴보고 있었다.

스카이 포레스트의 진정한 실세이며, 직원들은 그녀를 이인자라고 부르기도 했다.

"비서실장으로서 대표님을 모시는 게 저의 일인걸요."

실비아 디온이 배시시 웃으며 당연하다고 이야기했다.

차준후의 머리에서 발끝까지 모든 걸 신경 쓰고 싶었다.

"언제 창업할 생각인가요?"

커다란 마음을 먹은 차준후가 물었다.

요즘 사는 게 편안하고 재미있었다. 일이 술술 풀렸다.

그 와중에 그의 옆에서 가장 많은 고생을 하고 있는 사람이 바로 그녀였다.

실비아 디온도 고생하지 않고 재미있게 살아갈 권리가 있었다.

그녀가 고생한 만큼 더욱 잘나갈 수 있도록 차준후는 배려해 주려고 했다.

스카이 포레스트에 입사하기 전 뽀삐 종합상사를 창업하겠다고 결심한 실비아 디온이었다. 스카이 포레스트는 그녀에게 창업하기 전 거쳐 가는 회사였다.

"제가 잘못이라도 했나요? 갑자기 창업은 왜……."

그녀가 놀란 나머지 눈을 동그랗게 치켜떴다.

강렬한 충격을 받은 모습이었다.

"제 욕심으로 귀한 인재를 너무 부려 먹나 싶어서요. 그리고 원래 뽀뻬실업을 창업하겠다고 말했었잖아요."

차준후는 실비아 디온의 미래 계획을 알고 있었다.

몰랐다면 그냥 방치하겠지만 뽀뻬실업을 세계적인 종합무역상사로 키워 낼 그녀였다. 놓치기 싫지만 더욱 성장할 수 있게 언젠가는 보내 줘야만 했다.

자신이 가야 할 길이 분명한 인재를 계속 옆에 두는 건 욕심일 수도 있었다.

"제가 있어야 할 자리는 대표님 옆이에요."

실비아 디온이 차준후를 똑바로 바라봤다.

그녀의 푸른 눈동자 안에 차준후가 가득 담겼다.

"네?"

놀라 반문한 차준후는 실비아 디온의 앞날이 바뀌었다는 걸 깨달았다.

"뽀뻬실업은요? 창업한다면서요?"

"그걸 아직도 기억하고 계셨네요. 강아지 뽀뻬가 그리워서 회사를 창업하고 싶었을 뿐이에요. 그런데 대표님 옆에서 바쁘게 일하면서 뽀뻬를 떠올릴 시간조차 없네요."

실비아 디온이 말했다.

이제 그녀의 마음속에서 뽀삐에 대한 그리움이 사라졌다.

그 빈자리에 차준후에 대한 감정이 듬뿍 채워졌다. 뽀삐실업을 창업할 이유가 없었다.

"업무량을 줄여 드릴게요."

"안 그래도 돼요."

"제가 미안해서요."

"음! 미안하면 업무량보다 저와 데이트하실래요?"

"데이트요? 연인들끼리 만나는 데이트가 아니라 직장 상사와 비서실장의 외출이라면 가능하겠네요."

차준후는 아름다운 실비아 디온의 데이트 제안을 단순한 외출로 정정했다.

그녀가 자신에게 호감을 품고 있다는 걸 왜 모르겠는가.

잘 알았다.

그 호감에 제대로 대응을 할 수가 없기에 선을 긋고 있을 뿐이다.

아직 사랑을 할 준비가 되어 있지 않았다. 가벼운 마음으로 데이트를 받아들이는 건 실비아 디온에 대한 무례였다.

만약 사랑을 하게 된다면 실비아 디온처럼 아름답고 일 잘하는 여성과 하고 싶기도 했다.

"외출이라도 함께라면 좋아요."

실비아 디온은 냉정하고 단호하게 선을 긋는 차준후를

보면서도 웃었다.

 달달해지려는 분위기를 단숨에 깨뜨려 버리는 싸늘한 답변이었다. 그러나 이 정도의 저항과 반발은 예상하고 있었기에 조금도 개의치 않았다.

 원래 이런 사람이었다.

 그렇기에 할리우드의 아름다운 여배우들이 접근해도 아무런 염문이나 스캔들이 벌어지지 않았다. 구설수 없이 참으로 청정한 사내가 바로 차준후였다.

 자신의 감정을 숨기지 않고 목석과 같은 차준후에게 차근차근 접근할 작정이었다.

 차준후의 가장 가까이에 있는 여인이 바로 그녀였다. 가까이 지내다 보면 친밀해지고, 그러다 보면 애정이 싹틀 수도 있는 법이다.

 충분히 승산이 있는 접근법이었다.

 물론 연인 관계로 발전하지 않아도 괜찮았다.

 사랑에 실패하면 마음에 커다란 중상을 입을 수도 있었다. 눈물 흘리며 아파할지도 몰랐다.

 그러나 기꺼이 감수할 용기가 그녀에게는 있었다.

 그리고 세기적인 천재의 옆에 머물면서 많은 걸 보고 배우고 있었다.

 그녀는 창업할 때보다 금전적으로 많은 걸 얻고 있었다. 차준후의 행보에 맞춰 투자하는 것만으로도 엄청난 이득을 봤다.

이민 줄기세포 화장품 발표회 전에 생명공학 관련 기업의 주식에 투자를 해 놓았다. 그 주식의 가치는 벌써 네 배 이상으로 훌쩍 뛴 상태였다.

이런 식으로 몇 번 더 굴리면 디온 가문보다 많은 재산을 가지게 된다. 이 모든 건 차준후 옆에 있는 덕분에 가능했다.

창업해서 세계적인 종합무역상사를 만드는 것보다 차준후 옆에 있는 게 여러모로 훨씬 이득이었다. 떠나라고 해도 가지 말아야 할 판이었다.

명석한 두뇌의 실비아 디온은 이런 사실을 누구보다 잘 알았다.

"어디로 외출하고 싶어요?"

"저번에 꽃구경시켜 주겠다고 약속하셨잖아요. 꽃구경하고 싶어요."

"꽃구경을 하는 김에 꽃을 넣어서 만든 비빔밥을 점심으로 먹어 보죠."

"꽃비빔밥이요?"

"우리나라 전통 음식인 비빔밥에 식용꽃을 넣은 요리입니다. 꽃비빔밥은 식탁 위에 화사한 정원이 피어난 느낌을 줍니다."

"꽃비빔밥! 정말 기대돼요!"

"예쁘고 맛있으면서 건강에 아주 좋습니다. 혹시 꽃 알레르기 있나요?"

식용꽃에는 비타민과 미네랄, 아미노산 등이 풍부했다.

약식으로도 사용되지만 알레르기가 있는 사람들은 주의가 필요했다. 괜히 몸에 좋다고 먹었다가 병원으로 가야 할 수도 있었다.

"알레르기 없어요."

건강 체질인 그녀였다. 군인 가문의 혈통을 제대로 받았다.

"나갑시다."

차준후가 커피를 다 마시고 일어섰다.

오전 내내 서류를 살펴보며 일하는 것보다 외출을 하는 편이 여러모로 좋았다.

대표가 회사에 머무르지 않아도 스카이 포레스트는 순조롭게 잘 돌아간다. 게다가 오늘따라 차준후가 직접 처리해야 할 중요한 업무도 없었다.

사소한 업무는 나중에.

미뤄 뒀다가 한꺼번에 처리할 작정이었다.

창밖을 보니 야외로 놀러 가기 참 좋은 화창한 날이었다.

(내가 제일 잘나가는 재벌이다 완결)